LES PIÈGES DU FANTASME

ABONNEMENTS — RÉABONNEMENTS 2010

Je souhaite m'abonner aux collections suivantes
Merci de préciser le numéro à partir duquel vous le souhaitez

☐ BLADE, du N°…
1 an — 6 numéros 45,00 €

☐ L'EXÉCUTEUR, du N°… .
1 an — 11 numéros 75,00 €

☐ BRIGADE MOND. du N°…
1 an — 11 numéros 75,00 €

☐ POLICE DES MŒURS, du N°…
1 an — 6 numéros 45,00 €

☐ GUY DES CARSL, du N…
1 an — 6 numéros 49,00 €

☐ LES SANGUINAIRES, du N°…
1 an — 6 numéros 45,00 €

☐ **SAS du N°…**
1 an — 4 numéros 35,00 €

frais de port et remise 5 % inclus dans ces tarifs

TOTALGdV =……………………………………………€

TOTALGECEP =……………………………………………€

PAIEMENT PAR CHÈQUE À
GECEP
15, CHEMIN DES COURTILLES
92600 ASNIÈRES
TÉL. 01 47 98 31 58

PAIEMENT PAR CHÈQUE À
ÉDITIONS GÉRARD DE VILLIERS
14, RUE LÉONCE REYNAUD
75116 PARIS
TÉL. 01 40 70 95 57

Nom:………………………….Prénom…………………

Adresse………………………………………………

……………………………………………………

Code postal………………Ville…………………………

BRIGADE MONDAINE : Je souhaite recevoir :

– les volumes cochés ci-dessous au prix de 6,10 € l'unité, soit :

N°.. livres à 6,10 € , = €

\+ frais de port = €

(1 vol. : 1,50 €, 2 à 3 vol. : 3,50 €, 4 vol et plus : 5 €)

TOTAL (ajouter à TOTAL abonnements) =......... ...€

13 LA CROISIÈRE INTERDITE
14 LE HAREM DE MARRAKECH
15 LA MAISON DES MAUDITES
16 LA PERMISSION DE MINUIT
17 LES CAPRICES DE VANESSA
18 LA VIPÈRE DES CARAÏBES
19 LE VOYOU DE MONTPARNASSE
20 LES FILLES DE MONSEIGNEUR
21 LA NUIT ARABE DE MONACO
22 LA FERMIÈRE DU VICOMTE
23 LA PUNITION DE L'AMBASSADEUR
24 LA SECTE DES AMAZONES
25 LES SIRÈNES DE L'AUTOROUTE
26 LE BOUDDHA VIVANT
27 LA PLANCHETTE BULGARE
28 LE PRISONNIER DE BEAUBOURG
29 LES ESCLAVES DE LA NUIT
30 LES POUPÉES CHINOISES
31 LES SACRIFIÉS DU SOLEIL
32 L'EXÉCUTRICE
33 LA PRÊTRESSE DU PHARAON
35 LES FANATIQUES DE LA VIDÉO
37 SOSIES SUR MESURE
38 LA MARQUE DU TAUREAU
42 LA DISPARUE DE SUNSET BOULEVARD
43 LE PARFUM DE LA DAME EN GRIS
44 LES FEMMES MYGALES DE CÔTE D'IVOIRE
45 LA DANSE DES COUTEAUX
46 LES AMANTS DE SINGAPOUR
47 LA VEUVE DU LAC
212 L'ENLÈVEMENT DES SABINES
213 LA NUIT DU TOP MODEL
214 LA MADONE DES CHANTIERS
215 LES SERVANTES D'APHRODITE
217 LA DOUBLE VIE DU PATRON
218 LA FORTERESSE DES VOLUPTÉS
219 L'ALCHIMISTE DU DÉSIR
220 LES TROPHÉES DU GUERRIER
221 LES VEUVES NOIRES DU GOLF
222 LE SWING DE LA COMTESSE NOIRE
223 LA JUSTICIÈRE DE STRASBOURG
224 LES COULISSES DU POUVOIR
225 LA MUSE DU PEINTRE FOU
226 LE FANTASME DU MANNEQUIN
227 LA FÉE DES SANS-LOGIS
228 LA THALASSO DU PLAISIR
229 LE PURGATOIRE DES ANGES DÉCHUS
230 LES GLADIATEURS DE MESSALINE
232 L'AUTOROUTE DU CYBERSEXE
233 PIÈGE À FILLES AU MONT VENTOUX
234 LE FANTASME DU VIOLONCELLE
235 HÔTESSE SPÉCIALE POUR JET PRIVÉ
238 LA VIERGE GOTHIQUE
240 LES PENSIONNAIRES DU PARADIS
241 L'ÉQUIPÉE SAUVAGE
242 FILLES PERDUES EN ALASKA
243 LA PRINCESSE DU NÉANDERTHAL
244 LE JEU DU CÉLIBATAIRE
245 LA SPÉCIALITÉ DU CHEF
246 LES VOYEURS DU WEB
248 LA REINE DES DOMINATRICES
249 LA CLINIQUE DU PRINCE CHARMANT
250 LA PREMIÈRE DE LA CLASSE
253 JUMEAUX ET JUMELLES
255 DRESSÉES ET REBELLES
256 LE DÉSHONNEUR DU JUGE
258 LE FANTASME DU BALLON OVALE
259 LES JEUX DU DIVIN MARQUIS
260 LA STAR DU X
262 LES FLAMMES DE L'AMOUR
263 LA ROSIÈRE DE BAGATELLE
265 LA VENGEANCE DE L'INFIRME
267 POLONAISE SUR CHARBONS ARDENTS
268 LA GAZELLE AU PIÈGE
269 AU BONHEUR DES HOMMES
272 PRINCESSE VAUDOU
274 L'AMANT DE GLACE
275 TRAQUENARD POUR FEMMES SEULES
276 LE VICE DANS LA PUB
277 LES COMBATTANTES DU RING
279 LE MAÎTRE DES PLIEUX
284 LES VERTIGES DE LA TUEUSE
285 LA TIGRESSE SE DÉCHAÎNE
286 BLANDINE ET SES FAUVES
287 LE PLAISIR SOUS LE MASQUE
288 LES DESSOUS DE LA PRESSE PEOPLE
289 MORTELLE HARD ROCKEUSE
294 LES OIES BLANCHES DU CAPITOLE
296 LES PLAISIRS ULTIMES
297 JEUX DANGEREUX À WALL STREET
298 QUAND LA BELLE SE FAIT LA PAIRE
299 LE MOTEL DES PASSIONS INTERDITES
300 MORTEL TRAFIC
301 L'AMANT DES POUPÉES
302 LES CHASSES LIBERTINES
303 LA FEMME DERRIÈRE LA CLOISON
304 CHANTAGE AU SEXE
305 LES SAVEURS DE L'AMOUR
306 LA DAME AU PARFUM
307 LES FILLES DU CHÂTEAU
308 LA GARCE DU 69
309 TRAQUENARD POUR UN CINÉASTE
310 L'IDÉE FIXE D'OPHÉLIE
311 LA SEQUESTREE DU SEX-SHOP

Les dossiers Brigade Mondaine de cette collection sont fondés sur des éléments absolument authentiques. Toutefois, pour les révéler au public, nous avons dû modifier les notions de temps et de lieu ainsi que les noms des personnages.

Par conséquent, toute ressemblance avec des personnes existantes ou ayant existé serait totalement involontaire et ne relèverait que du hasard...

ISBN : 978-2-7443-1633-3

MICHEL BRICE

BRIGADE MONDAINE

LES PIÈGES DU FANTASME

VAUVENARGUES

Chapitre premier

Lorsque Boris Corentin pénétra pour la seconde fois dans l'immense salon, il s'aperçut tout de suite que l'atmosphère s'était comme chargée d'électricité érotique. Pourtant, il ne s'était pas absenté plus de dix minutes, le temps de faire un rapide tour extérieur de cet imposant château de style Napoléon III, situé en bordure de la forêt de Saint-Germain-en-Laye.

En apparence, du reste, rien n'avait changé. Les quelque trente ou quarante invités de Maude et Thierry Villequier continuaient de converser par petits groupes, un verre à la main, certains assis d'autres debout près des hautes fenêtres donnant sur le parc ou devant la monumentale cheminée qui abritait une flambée capable de rôtir un bœuf.

Mais la température avait monté d'un ou deux degrés. Et l'air semblait plus moite et comme surchargé de parfums capiteux. Çà et là, aussi, les rires brefs de quelques femmes se faisaient plus stridents. Et, en louvoyant entre ces groupes, Boris Corentin repéra deux ou trois couples qui s'enlaçaient de manière beaucoup plus étroite et fiévreuse qu'il n'est généralement de mise dans une soirée mondaine.

Pourtant, mondaine, la soirée donnée ce 14 avril par les époux Villequier l'était plus que tout autre. Mondaine tendance « showbiz, télé », avec un discret assaisonnement de politique. Dès son arrivée, une demi-heure plus tôt, Boris Corentin avait repéré du beau monde :

- un chanteur à la mode, connu pour être l'une des grandes « consciences de gauche » de ce milieu frelaté entre tous ;

- une actrice blonde plus tout à fait de première jeunesse, mais qui n'hésitait pas à exhiber sa poitrine entièrement refaite à la une des magazines féminins ;

- deux joueurs de l'équipe de France de football ;

- un présentateur de télévision souvent désigné comme « gendre idéal » par les ménagères de moins de cinquante ans à qui on demandait régulièrement leur avis sur tout et n'importe quoi ;

- deux avocats de renom, un écrivain à forts tirages, un député de gauche et un sénateur de droite, plus quatre ou cinq starlettes et deux présentatrices de la météo pour remplacer les plantes vertes inexistantes.

Ces « têtes d'affiches » se mêlaient tout naturellement aux autres invités des Villequier, ceux que, par ce premier et rapide coup d'œil, Boris Corentin n'avait pas été capable de nommer. Mais dont aucun, à en juger par leurs vêtements et les bijoux des femmes, ne semblait être dans la gêne financière. Comme dans la plupart des réunions de ce type, la moyenne d'âge des hommes approchait la cinquantaine, lorsque celle des femmes ne devait guère dépasser trente ans.

Car si tous ces gens fortunés, et célèbres pour quelques-uns d'entre eux, étaient réunis ce soir dans un château situé à une vingtaine de kilomètres à l'ouest de Paris, c'était, vulgairement soit dit, pour *partouzer*.

Le regard de Boris Corentin, fureteur mais désinvolte en apparence, croisa celui de la maîtresse de maison qui, avec un sourire et un petit signe de tête, l'invita à se rapprocher d'elle et de son mari. Tous deux se tenaient dans le renfoncement d'une des hautes fenêtres donnant sur le parc et, plus loin, sur la masse sombre de la forêt de Saint-Germain. Comme s'ils souhaitaient se faire discrets afin de mieux observer leurs hôtes.

Maude Villequier était une petite blonde frêle de 41 ans, à qui ses grands yeux d'un bleu très clair et son sourire d'adolescente en faisaient paraître au minimum dix à douze de moins. Elle s'occupait d'« événementiel », organisant dans l'Europe entière, ainsi que dans les Émirats, des soirées privées qu'elle facturait au prix de l'or. On disait d'elle qu'elle pouvait, si vous y mettiez le prix, vous avoir n'importe quel chanteur, l'actrice de vos rêves ou une princesse de sang royal à votre anniversaire ou en n'importe quelle autre occasion. Et c'était vrai. Ces petits exploits lui étaient bien sûr facilités par l'énorme carnet d'adresses de son mari.

Thierry Villequier était connu de la France entière,

depuis qu'il avait lancé, au milieu des années 90, son émission de télévision phare, *On en recausera demain*. Par la suite, se servant de ce succès comme d'un socle et d'une catapulte tout à la fois, il était devenu l'une des trois principaux producteurs des télévisions françaises et européennes. Et, depuis peu, il se lançait dans la grande aventure, risquée mais encore plus juteuse si l'on y réussissait, du cinéma. Il venait de signer un important contrat avec Steven Spielberg, et c'est pour le fêter qu'il avait organisé cette petite soirée « spéciale ».

Du reste, Thierry Villequier, cet homme de 53 ans au visage ouvert, à l'allure décontractée et au parler « jeune », n'avait pas besoin de raison pour cela : il était connu depuis des années – y compris à la Brigade mondaine – comme le plus acharné partouzeur que la terre ait jamais porté. Mais comme, jusqu'à présent, tout semblait s'être passé « entre adultes consentants », selon la formule consacrée, les hommes du commissaire divisionnaire Charlie Badolini n'avaient jamais eu à s'intéresser à lui de très près.

Jusqu'à ce que, à la fin du mois de janvier précédent, la Brigade des stupéfiants ne réalise un superbe flagrant délit sur la personne de Jean-Charles Bourdivin, un fils de famille dévoyé, très bien implanté dans différents milieux parisiens qu'il approvisionnait en drogues diverses, mais principalement en cocaïne. Et c'est lui qui, spontanément ou presque, parce que la panique l'avait saisi brutalement, avait lâché son « scoop » aux policiers qui le cuisinaient.

Lorsque Bourdivin leur avait dit qu'il se consommait de la drogue lors des « soirées spéciales » organisées très régulièrement par les époux Villequier, les policiers des Stups avaient ricané : comme s'ils ne le savaient pas, tiens ! Seulement, s'en prendre à Villequier était quasiment impossible, compte tenu de la quantité d'amis – et d'obligés – qu'il avait su se faire dans le milieu politique, et jusqu'à certains membres des différents gouvernements qui s'étaient succédé en France depuis une quinzaine d'années.

En revanche, ils avaient aussitôt cessé de rire lorsque Jean-Charles Bourdivin avait lâché le second étage de sa fusée. En leur déclarant qu'il était à peu près certain que Villequier, pour ses partouzes, faisait venir des filles et des garçons mineurs, afin de les « offrir » à ses invités.

Ça, c'était de la dynamite. Amis puissants ou pas, si on arrivait à prouver la chose, Villequier était mort. Et sa chute ferait un bruit considérable.

En temps ordinaire, il va de soi que, même si elle n'était plus tout à fait de leur domaine de compétence, les gars des stups se seraient gardé l'affaire pour eux, en espérant bien en retirer le maximum de prestige en cas de succès.

Seulement, les « hasards du calendrier », comme disent les journalistes dans leur *novlangue*, avaient voulu que quelques semaines plus tôt, le directeur de la police ne retransmette de manière très ferme à tous ses commissaires divisionnaires une consigne impérative émanant de Nicolas Sarkozy lui-même : les guéguerres entre services, c'était terminé ! Désormais, le président exigeait de tous les patrons de brigades une collaboration totale et *sans arrière-pensées ni faux-fuyants*, selon ses propres termes.

C'est pourquoi le commissaire divisionnaire Luchaire, le patron des stups, avait décidé de tout dire de l'affaire Bourdivin à son homologue Charlie Badolini, le patron de la Brigade mondaine. Pour la plus grande frustration de ses inspecteurs, peu habitués à ce qu'on « serve la soupe » aussi facilement à leurs frères ennemis. L'un d'eux avait même parlé d'un « Waterloo flicard » à ce propos, et un autre avait immédiatement forgé cet alexandrin :

Soudain, joyeux, il dit : « Grouchy ! » – C'était Luchaire.[1]

Dans le cadre de cette collaboration entre les services, Jean-Charles Bourdivin avait été en quelque sorte « prêté » à la Brigade mondaine par celle des stupéfiants. Et c'est à Boris Corentin et Aimé Brichot, les deux plus beaux fleurons des *Affaires recommandées*, la section reine de la brigade, que le dealer mondain avait appris qu'il fournissait régulièrement les époux Villequier en cocaïne et héroïne, et qu'il était devenu suffisamment proche d'eux pour qu'ils l'invitent parfois à leurs soirées « spéciales ». En revanche, il n'avait guère pu donner de précisions quant aux filles et aux garçons mineurs dont il continuait d'affirmer qu'il y en avait bel et bien à ces soirées, ou du moins à certaines d'entre elles.

– Tu vas t'arranger pour nous faire inviter tous les deux à la prochaine, avait décrété Boris Corentin. Tu

1. Il s'agit d'une parodie du vers de Victor, où Luchaire a remplacé Blücher. Vers extrait du poème intitulé *L'Expiation*, lequel contient notamment le fameux alexandrin : *Waterloo ! Waterloo ! Waterloo ! Morne plaine !*

n'auras qu'à me présenter comme ton associé et futur successeur. Invente que tu as décidé de te retirer progressivement du business, débrouille-toi ! Je te rappelle que tu n'as pas droit à l'échec, vu ta situation un peu délicate…

Bourdivin l'avait très bien compris et, en effet, il avait pu faire inviter Boris Corentin à cette soirée du 14 avril, qui semblait sur le point de commencer vraiment, à en juger par l'atmosphère de plus en plus chargée d'électricité du grand salon du château, acheté par les Villequier sept ou huit ans plus tôt et habité par eux de manière permanente.

– Alors, Monsieur Bauchard, comment trouvez-nous notre petite soirée ? lui demanda Maude Villequier, en plongeant hardiment ses grands yeux bleus dans les siens. Remarquez, elle n'a pas encore vraiment démarré…

Boris Corentin – qui avait choisi de s'appeler pour eux Lionel Bauchard – s'inclina légèrement avec un petit sourire :

– Elle me semble fort… prometteuse. J'ai cru apercevoir quelques jeunes femmes très en beauté. Même si la leur ne parvenait pas à égaler la vôtre !

Maude Villequier eut un petit rire de gorge et bomba instinctivement sa poitrine, menue mais superbement sculptée, dont une bonne moitié était offerte aux regards de qui voulait s'y intéresser.

Bourdivin avait averti Corentin que leur hôtesse ne participait jamais à la partouze proprement dite, qu'elle s'arrêtait toujours « au premier flirt », puis se contentait de regarder les autres.

– Peut-être qu'elle prend son pied en jouant les voyeuses, et que ça lui suffit de voir les autres s'enfiler… avait conclu le dealer, très philosophe.

Pourtant, à voir la manière dont elle le regardait, le provoquait du regard, Boris aurait juré qu'elle cherchait sciemment à l'aguicher. Mais peut-être cela faisait-il partie de son fantasme à elle…

– Flatteur ! minauda-t-elle, de sa voix d'adolescente. Allez, je vous laisse continuer vos explorations : nous nous retrouverons peut-être plus tard…

– C'est mon souhait le plus ardent, Madame ! répliqua Corentin du tac au tac.

– N'oubliez pas, mon cher Lionel, que toutes les pièces du premier étage où nous sommes sont à la disposition entière de nos invités : n'hésitez pas à fureter de ci, de là…

Maude Villequier lui tourna le dos pour s'intégrer au petit groupe formé par son mari et par un couple d'une trentaine d'années. Lorsque Corentin croisa le regard de l'homme, il eut pendant une seconde l'impression que celui-ci lui était familier. Mais déjà l'autre tournait la tête vers Maude Villequier et son impression s'évanouit.

Il fit quelque pas vers le centre du salon, avant de se retourner vers le petit groupe qu'il venait de quitter. Les regards des quatre personnes étaient braqués sur lui, mais se détournèrent aussitôt avec un bel ensemble, comme si les deux couples ne voulaient pas qu'il s'aperçoive de leur intérêt à son endroit. Il haussa légèrement les épaules et se dirigea vers l'un des trois buffets installés contre les murs du salon.

Après tout, il était nouveau, chez les Villequier : rien de plus normal qu'on cherche à en savoir plus sur lui...

Dans la grande pièce rectangulaire et très haute de plafond, où les lumières baissaient progressivement, se faisaient de plus en plus douces, le climat était de plus en plus à l'érotisme – même si celui-ci restait encore discret.

Une musique lente se faisait à présent entendre et trois ou quatre couples s'étaient enlacés pour danser – ou plus exactement pour onduler sur place, poitrine contre poitrine, bas-ventre contre bas-ventre. Boris Corentin vit que, dans l'un de ces couples, le danseur avait glissé sa main par la fente de la robe longue de sa cavalière et lui malaxait les fesses avec de moins en moins de retenue.

Un peu plus à droite, sur l'un des nombreux canapés, un jeune homme blond se laissait goulûment embrasser par une quadragénaire brune et bien en chair qui, en même temps pétrissait la bosse de sa braguette, sans se soucier le moins du monde des regards éventuels.

Lorsqu'ils interrompirent un instant leur baiser-marathon pour reprendre leur souffle, Boris Corentin identifia la brune un peu trop ronde comme une journaliste de la télévision, ex-présentatrice du journal de 20 heures. Croisant son regard, et le trouvant probablement à son goût, elle lui sourit, sans cesser pour autant de pétrir le sexe dur de son compagnon de canapé, à travers l'alpaga de son pantalon.

Bref, songea Boris Corentin, on s'acheminait tranquillement vers une classique partouze mondaine. Ce qui ne faisait pas du tout ses affaires. Car, lui, il était là pour une histoire de mineurs, plus ou moins contraints de participer aux débordements qui allaient survenir d'ici peu.

Or, malgré les affirmations de Jean-Charles Bourdivin, de mineurs il n'y avait point. En tout cas pour l'instant, et en tout cas dans les quelques pièces de réception où il avait eu l'occasion de jeter un coup d'œil.

Tout en réfléchissant, Corentin s'était rapproché du buffet « méditerranéen » sans même s'en apercevoir. Comme la foule y était un peu trop dense pour lui, et qu'il n'avait ni faim ni soif, il fit un rapide écart sur la droite, vers l'une des grandes fenêtres du salon. Il se retrouva de ce fait tout près d'un couple, dans l'embrasure, qui lui tournait le dos.

– Je viens de voir avec Villequier… était en train de dire l'homme à voix assez basse à sa compagne, une blonde à la chute de reins intéressante et au dos presque entièrement dénudé. Il dit qu'on peut y aller maintenant, qu'il a prévenu de notre arrivée…

– Eh bien alors, qu'est-ce qu'on attend ? murmura la blonde sur le même ton.

Et tous deux, se retournant, filèrent vers le grand hall de réception, sans accorder le moindre regard à Boris Corentin, qui avait rapidement détourné d'eux son regard.

Intrigué, il laissa au couple quelques mètres d'avance avant de les suivre. Lorsqu'il arriva à la porte du salon, la blonde et son cavalier, nettement plus âgé qu'elle, étaient déjà à mi-chemin du grand escalier qui permettait de redescendre au rez-de-chaussée.

Boris Corentin crut que le couple allait tout simplement quitter le château, ce qui le surprit un peu : on abandonne rarement une soirée échangiste *avant* qu'elle n'ait commencé à le devenir, échangiste…

Surpris, il le fut encore plus lorsque, au lieu de se diriger vers la grande porte donnant sur l'esplanade, il les vit obliquer à droite et s'engouffrer dans un couloir dont l'entrée était à demi dissimulée par la masse imposante de l'escalier.

C'était curieux car, lors de leur arrivée, chaque invité s'était vu spécifier par l'un ou l'autre de leurs hôtes que toutes les pièces du premier étage étaient à leur libre et entière disposition, *mais celles-là seulement*. Dans ce cas, à moins d'être vraiment très intimes avec les Villequier, qu'est-ce que ces deux-là allaient faire dans le couloir du rez-de-chaussée ?

N'ayant pour l'instant rien de mieux à faire, Boris Corentin décida d'y aller voir…

*
* *

– Donne pas beaucoup de ses nouvelles, notre Grand chef, soupira Géraldine Hébert, en résistant à l'envie qu'elle avait d'une cigarette.

Elle savait que le capitaine Aimé Brichot, assis au volant de leur Renault Mégane de service, n'aimait pas que l'on fume dans « sa » voiture…

– S'il n'a rien de particulier à nous apprendre ou à nous demander, il ne va pas non plus nous appeler toutes les cinq minutes, au risque d'éveiller des soupçons, fit sagement remarquer Brichot, en triturant machinalement la pointe droite de sa moustache.

Cela faisait un peu plus d'une heure que les deux policiers de la Brigade mondaine se trouvaient en planque, à l'entrée d'un petit chemin courant le long du mur latéral gauche de la propriété des Villequier. À environ deux kilomètres de là, à l'entrée du plus proche village, se trouvaient quatre voitures de police non banalisées, prêtes à intervenir dès que Boris Corentin, relayé par Aimé Brichot et Géraldine Hébert, en donnerait le signal.

Mais, pour l'instant, c'était le calme plat.

– Vous croyez que ce grand queutard de Boris va profiter de l'occasion pour sauter une ou deux gonzesses ? demanda très tranquillement Géraldine.

Aimé Brichot eut un petit sursaut d'indignation :

– Certainement pas ! D'abord, vous pourriez quand même surveiller votre langage, et ensuite je vous rappelle que Boris est, tout comme nous d'ailleurs, en service commandé. Donc, il s'abstiendra quoi qu'il arrive !

Mais, au fond de lui, Aimé Brichot, qui connaissait bien son Boris Corentin, était loin d'en être aussi sûr…

*
* *

Lorsque Boris Corentin pénétra à son tour dans le

couloir rectiligne, ce fut juste à temps pour voir le couple qu'il suivait disparaître à l'autre bout, en s'engouffrant par la cinquième porte se trouvant sur la gauche.

Il accéléra le pas, en s'efforçant de ne pas faire craquer le parquet ancien, qui avait remplacé les dalles blanches et noires losangées du hall de réception.

Lorsqu'il ne fut plus qu'à deux mètres de la porte, restée entrebâillée, il s'arrêta et tendit l'oreille. Comme aucun bruit ne filtrait, il s'avança et poussa le battant.

Corentin fut un peu surpris de constater que la porte donnait sur une salle de bain, ou, plus exactement, sur des sortes de toilettes publiques, comme on en trouve dans les restaurants, les hôtels, etc. Le mur du fond, carrelé de bleu très pâle, était agrémenté d'un grand miroir descendant quasiment jusqu'au sol, nanti d'un fin encadrement argent.

À gauche se trouvaient trois cabines WC et, à droite, le même nombre de lavabos, chacun avec son porte-savon et sa petite pile d'essuie-mains en tissu-éponge, pliés en quatre.

Boris Corentin commença par se demander pourquoi les propriétaires avaient cru bon de faire installer cette pièce au rez-de-chaussée, alors que leurs invités étaient maintenus au premier étage, lequel disposait de tous les sanitaires dont on pouvait avoir besoin.

Mais son ébauche de question fut vite balayée lorsqu'il prit conscience d'une chose beaucoup plus surprenante.

La pièce était vide.

Rapidement, Boris Corentin poussa l'une après l'autre les trois portes des cabines afin de s'en assurer : en effet, le couple qu'il avait vu entrer ici n'était nulle part. Comme s'il s'était volatilisé…

– Vous cherchez quelque chose, beau mâle ?

Entendant la voix féminine derrière lui, Boris Corentin fit une rapide volte-face. Pour se retrouver presque nez à nez avec une adolescente qui le dévisageait d'un air mi-moqueur, mi-intéressé, de ses très grands yeux noirs. Elle était de taille moyenne, plutôt fluette mais nantie d'une paire de seins étonnamment gonflés. Sa peau était très blanche, ses cheveux et ses sourcils d'un noir de corbeau, sa bouche large et pleine comme un fruit. Ses cheveux courts et raides partaient dans tous les sens – « coiffée avec un pétard ! », aurait sans doute dit Aimé Brichot – et ses yeux étirés vers les tempes étaient habités par une sorte de fièvre. Elle portait un diamant à la narine droite et un autre piercing au sourcil gauche.

Elle était vêtue d'une jupe de cuir noire qui moulait une croupe menue mais parfaitement ronde, et d'une sorte de bustier lâche qui avait bien du mal à cacher la moitié de ses seins opulents et fermes.

– Vous êtes qui ? demanda-t-elle, sans cesser de détailler Boris d'un regard presque insolent.

– Lionel Bauchard, pour vous servir, Mademoiselle… répondit Corentin avec un demi-sourire.

– Vous êtes un des invités de la partouze ? s'enquit-elle sur un ton désarmant de simplicité.

Immédiatement, Corentin fut en alerte. Cette fille

ne pouvait pas avoir plus de 15 ou 16 ans. Or, si elle était au courant de ce qui allait se dérouler ici, c'était peut-être parce qu'elle était également censée y participer…

– On m'a invité à passer la soirée… répondit-il prudemment. Et vous-même, Mademoiselle…

– Folendieu. Je m'appelle Cécile Folendieu. Mais ceux qui me connaissent m'appellent aussi Volange…

– Volange ? releva aussitôt Corentin. Volange comme…

– Comme Cécile Volange, oui, l'interrompit l'adolescente avec un sourire trouble. La pure jeune vierge des *Liaisions dangereuses*, pervertie par l'immonde Valmont et l'ignoble Merteuil !

– Et pourquoi vous appelle-t-on comme ça ? C'est tout de même étrange…

– Peut-être parce que j'adore être pervertie par de vicieux vicomtes ! répondit Cécile, en se rapprochant encore de Boris Corentin, la taille cambrée, la poitrine en avant.

Et, avant que ce dernier ait eu le temps de réagir, elle s'était hissée sur la pointe des pieds et avait écrasé ses lèvres pleines contre les siennes. Il s'écarta vivement d'elle lorsqu'il sentit un bout de langue chaude et agile tenter de forcer en frétillant le barrage de ses dents.

– Vous êtes limite vexant ! observa tranquillement Cécile. Je ne vous plais pas ? Vous préférez les vieilles qui se trouvent à l'étage au-dessus ?

– Mademoiselle Folendieu, je ne…

– Appelez-moi donc Volange, comme tout le monde !

– Mademoiselle, je ne suis pas sûr que vous ayez l'âge requis pour vous livrer à ce genre de petits jeux ! observa Corentin avec une certaine sévérité.

L'adolescente haussa les épaules, ce qui eut pour effet de dévoiler sa poitrine presque complètement :

– Y a pas d'âge pour se faire du bien, moi j'dis !

Elle baissa brusquement les yeux, jusqu'au pantalon de son interlocuteur, avant de remonter les plonger dans les siens.

– Est-ce que vous avez une grosse queue, Lionel ? s'enquit-elle le plus tranquillement du monde. Personnellement, j'aime beaucoup les grosses queues. Ça me fait toujours un peu peur, mais j'aime bien quand même…

Une idée saugrenue traversa l'esprit de Corentin : il se trouvait face à une folle qui, d'une manière ou d'une autre, avait trouvé le moyen de s'échapper de la chambre où on la maintenait enfermée. Il valait mieux éviter le sujet dans lequel elle cherchait à l'entraîner.

– Tout ça ne me dit pas ce que vous faites dans cette maison, Mademoiselle *Volange* ! dit-il en appuyant sur le dernier mot. Et surtout ce soir…

– C'est tout simple : j'habite ici ! Maude Villequier est ma tante. Elle et son salopard de mari m'ont recueillie quand mes parents sont morts dans un accident, il y a cinq ans. J'en avais onze, à l'époque.

– Pourquoi dites-vous : son salopard de mari ?

Cécile eut une petite moue amusée :

– Parce que vous vous imaginez qu'il s'est retenu de me tripoter, dès que j'ai eu un peu de nichons et trois poils à la motte ? On voit que vous ne le connaissez pas !

Boris Corentin rangea l'information dans un coin de sa tête. Ça pouvait resservir et, le cas échéant, Cécile Folendieu pouvait se transformer en un très intéressant témoin à charge…

– Mais, et vous : qu'est-ce que vous fichez ici ? contre-attaqua la jeune fille. Je croyais que les invités n'étaient pas censés s'aventurer en dehors du premier étage…

Boris Corentin saisit la balle au bond :

– J'ai aperçu un couple d'amis et je les ai suivis jusqu'ici pour leur dire bonjour. Mais, bizarrement, je les ai vus du bout du couloir s'engouffrer dans ces toilettes… où il n'y a manifestement personne !

Cécile Folendieu eut un petit rire presque enfantin, la tête rejetée en arrière.

– Vous avez eu la berlue, mon pauvre ! Ce n'est pas par cette porte qu'ils ont disparu, vos amis, mais par celle-ci…

Joignant le geste à la parole, elle ouvrit la porte immédiatement voisine de celle de la salle de bain, laquelle donnait sur un escalier ascendant.

– Ils étaient paumés, vos amis, expliqua Cécile. Ils m'ont demandé comment ils devaient faire pour rejoindre le gros de la troupe et je leur ai indiqué ce petit escalier, qui est une sorte de raccourci, si vous voulez.

Ça se tenait. Même si Boris Corentin comprenait

mal comment le couple avait pu se dire perdu, dans la mesure où, pour rejoindre le hall, il leur aurait suffi de faire demi-tour et de reprendre le chemin exactement inverse. Mais enfin…

– Eh bien, dans ce cas, je crois que je ferais bien de faire comme eux ! fit Boris Corentin sur un ton détaché.

– Vous ne voulez pas me baiser, avant ? demanda Cécile d'une voix presque mondaine. Je suis presque sûre que vous avez une grosse queue…

Boris se dépêcha de s'engouffrer dans l'escalier avant de se faire violer par cette furie.

En haut de la trentaine de marches, il déboucha dans un renfoncement de la boiserie, à droite de l'entrée du grand salon. Le décrochement faisait que la petite porte de l'escalier était pratiquement invisible lorsqu'on débouchait au haut de l'escalier d'honneur, depuis le hall.

Lorsqu'il pénétra dans le grand salon, Boris Corentin put constater immédiatement que les choses sérieuses avaient vraiment commencé. Cette fois, il aurait été vraiment impossible de faire croire à quiconque qu'il s'agissait là d'une soirée mondaine ordinaire.

La première chose qu'il vit fut un couple occupé à danser très lentement, à quelques mètres en avant de la porte. La femme, une blonde opulente d'une quarantaine d'années, était vêtue d'une veste de tailleur stricte et d'un chemisier lilas. Mais, dessous, elle était entièrement nue, jusqu'à ses escarpins aux talons très fins. Son cavalier malaxait avec une sorte d'emportement ses fesses un peu grasses, fourrageant de ses doigts nerveux dans la profonde vallée qui les séparait. Le tout sous le regard intéressé d'un jeune et prometteur présentateur de télévision, qui masturbait tranquillement son sexe long et fin en les regardant faire.

Un peu plus loin, deux femmes vautrées sur un canapé s'entreléchaient le sexe, sous les yeux fixes de trois hommes dont l'un avait le sexe à l'air, prêt à l'emploi.

Ce qui donnait à tout cela un petit côté étrange, surréaliste, c'est que beaucoup de participants à la soirée se tenaient encore très bien et continuaient leur conversation en cours comme s'il ne se passait rien.

Ainsi, entre deux des hautes fenêtres donnant sur le parc, deux hommes d'une cinquantaine d'années – costumes de prix et cravates impeccablement nouées – discutaient de parts de marché, assis l'un près de l'autre sur un petit canapé Régence. Sauf que, entre les cuisses écartées de l'un d'entre eux, une petite brune agenouillée s'occupait à engloutir méthodiquement son sexe roide entre ses lèvres rouge vif.

D'un large balaiement du regard, Boris Corentin repéra les époux Villequier, entre la grande cheminée et le buffet « nordique ». Ils étaient en grande discussion avec un homme d'une trentaine d'années, blond, les yeux cerclés de petites lunettes d'or, dont le visage dit vaguement quelque chose à Corentin. Il se dirigea vers eux d'un pas nonchalant, mais dès qu'ils le virent s'approcher du coin où ils se tenaient, les trois autres s'empressèrent de se détourner et de s'éloigner rapidement les uns des autres.

Comme s'ils avaient été en train de parler de lui et qu'ils ne voulaient pas qu'il s'en aperçoive.

Intrigué, Boris Corentin s'apprêtait à suivre le jeune homme blond, qui venait de passer dans l'un des autres salons attenants à celui-ci. Afin d'essayer de trouver où il avait bien pu le voir auparavant.

La question n'était pas anodine. Car si ce type le connaissait en tant que Boris Corentin, il pouvait très bien faire voler en éclats la couverture de Lionel Bauchard…

Boris allait quitter le grand salon, lorsque, du coin de l'œil, il vit soudain Cécile Folendieu foncer droit vers sa tante et lui dire deux mots à l'oreille. Non sans l'avoir désigné, lui, d'un petit mouvement sec du menton.

Les lèvres serrées et les sourcils froncés, Boris Corentin passa dans le petit salon entièrement tendu de bleu, qui faisait immédiatement suite à la réception principale. Décidément, cette soirée s'annonçait de moins en moins concluante. Non seulement il n'avait pour l'instant repéré aucun participant des deux sexes qui puisse passer pour mineur – à l'exception très particulière de Cécile Folendieu, la « fille de la maison » – mais en plus il était un peu trop l'objet de l'attention des uns et des autres pour son goût.

Le petit salon où il venait de pénétrer ne contenait que sept personnes, quatre hommes et trois femmes, mais l'atmosphère y était nettement plus *hot* que dans la grande pièce voisine. L'actrice blonde très connue que Boris avait tout de suite repérée, plus tôt dans la soirée, chevauchait le chanteur à la mode, tandis que derrière elle, agrippé à ses hanches un peu trop larges, l'un des deux footballeurs était occupé à la sodomiser vigoureusement.

Sur la droite du tableau qu'ils formaient, s'en offrait un autre, un peu plus compliqué. L'une des deux femmes restantes, une brune au corps androgyne entièrement épilé était allongée sur le dos à même l'épais tapis. Agenouillé entre ses cuisses nerveuses, un homme bedonnant pénétrait son sexe glabre et luisant à grands coups de reins.

Pendant ce temps, l'autre femme, une rousse au visage constellé de taches de son et à la peau laiteuse, était agenouillée au-dessus du visage congestionné de la brune et lui offrait sa chatte flamboyante à lécher – ce que sa partenaire ne se privait pas de faire. Quant à la rousse elle-même, elle ne restait pas inactive, puisqu'elle suçait avidement le sexe énorme et noueux que le dernier homme présent dans le salon bleu lui présentait à sa droite.

Tout cela était bel et bien bon, mais tous ces gens étaient visiblement majeurs, et même largement. Comme ils avaient l'air tout aussi visiblement consentants – pour ne pas dire enthousiastes –, Boris Corentin n'avait strictement rien à redire à leurs activités. Et il commençait à se dire qu'ils allaient peut-être devoir replier le dispositif policier mis en place, après avoir fait chou blanc.

Lorsqu'il repassa dans le grand salon de réception, il se trouva tout près d'un homme que, bien qu'il fût de dos, il reconnut pour être Thierry Villequier, le maître de maison. À son côté se tenait un homme plus âgé que lui, légèrement plus petit mais taillé en véritable athlète. On avait l'impression que son mauvais costume gris allait exploser dès qu'il ferait jouer n'importe lequel de ses muscles.

– Tu devrais bien aller tout de suite les chercher au pavillon... était en train de dire Villequier, lorsque Boris Corentin s'approcha d'eux par-derrière.

– Je vais être trempé, avec ce qui tombe depuis un moment ! grommela l'autre, d'une voix rocailleuse et avec un fort accent, qui pouvait être russe, ou ukrainien, voire polonais.

– Arrête tes conneries, tu veux ? le rembarra Villequier. Tu as les moyens d'y aller à pieds secs, non ? Allez, va !

Boris Corentin vit l'athlète filer en se dandinant vers la double porte du salon, sans paraître remarquer les gens qui, à présent, s'accouplaient un peu partout, sans plus aucune trace d'une quelconque retenue.

Il sursauta lorsqu'une main se posa sur sa braguette et que des doigts emprisonnèrent son sexe à travers le tissu.

C'était une jeune femme d'une trentaine d'années, brune et mince, nue jusqu'à la taille. Son visage était familier à Boris et il ne lui fallut qu'une seconde ou deux pour l'identifier : c'était la « Miss météo » de l'une des chaînes du câble.

– J'ai la chatte en feu... dit-elle avec beaucoup de simplicité. Et j'ai comme l'impression que vous avez de quoi éteindre ce genre d'incendie !

Corentin était en train de se demander comment il allait lui échapper sans pour autant la vexer, lorsqu'un homme entièrement chauve se plaqua contre le dos de la Miss météo et, emprisonnant ses petits seins entre ses grosses paluches aux phalanges poilues, il se mit à les pétrir comme un boulanger sa pâte. Avec un roucoulement ravi, la Miss oublia instantanément Boris pour, pivotant sur elle-même, se jeter dans les bras musclés de son nouveau compagnon.

Corentin opéra une retraite prudente vers l'encoignure d'une fenêtre qui semblait à peu près tranquille, si l'on excepte la jeune femme qui, à deux mètres de là, s'activait alternativement sur les phallus gonflés que présentaient à ses lèvres avides deux hommes impeccablement vêtus.

L'idée de Boris était de passer un rapide coup de téléphone à Aimé Brichot et Géraldine Hébert afin de les mettre au courant de son peu de succès pour l'instant. Et de les préparer à l'idée de leur échec probable.

Il avait déjà la main sur son téléphone portable, dans sa poche droite, lorsque deux hommes se rejoignirent à moins d'un mètre de lui, et sans l'avoir vu, à cause du renfoncement de la fenêtre où il se tenait.

– Alors ? demanda l'un.

– Je viens de voir Thierry, répondit l'autre : c'est O.K., on peut y aller. On est attendu en bas…

– Mais je ne sais même pas comment y aller ! protesta le premier à voix basse.

– Moi, je sais, assura le second d'un petit ton supérieur. Allez, amène-toi, mon vieux : c'est maintenant que les vraies réjouissances commencent !

Boris Corentin les vit se diriger vers les portes du salon, en slalomant entre les couples et les trios enchevêtrés. À présent, la grande pièce n'était plus que soupirs, cris brefs, petits rires chatouillés, bruits de succion divers. Le tout dans une chaleur de plus en plus moite et une prenante odeur de rut généralisé. Au moment où Corentin quittait à son tour le grand salon, l'ex-présentatrice du journal de 20 heures, chevauchant un membre de taille impressionnante, poussa un long cri de délivrance – un râle de femelle comblée.

Boris Corentin surgit sur le palier en rotonde juste à temps pour voir se refermer la petite porte de l'escalier par lequel il était remonté quelque temps plus tôt, sur les indications de Cécile Folendieu. Au passage, il s'avisa que cette dernière avait de nouveau disparu du paysage. Peut-être sa tante l'avait-elle renvoyée au rez-de-chaussée, jugeant que ce qui se passait ici n'était pas un spectacle pour une jeune fille mineure – même si celle-là avait l'air particulièrement délurée.

Résolument, il se dirigea vers la porte en question et l'ouvrit. Juste à temps pour en entendre une autre se refermer, un étage plus bas. Il dégringola les marches et déboucha dans le long couloir où, une demi-heure plus tôt, il avait « perdu » le couple qu'il suivait.

Sauf que, cette fois, il perçut nettement l'écho assourdi de deux voix en provenance de la salle de bain voisine. Il hésita une seconde ou deux avant d'en ouvrir la porte, puis eut un petit haussement d'épaules : après tout, qu'est-ce qu'il risquait ? Même si les invités n'avaient rien à faire au rez-de-chaussée, il pourrait toujours dire qu'il s'était perdu…

Boris Corentin ouvrit résolument la porte. L'homme qui tournait le robinet de l'un des trois lavabos – par lequel aucune eau ne s'écoulait – eut un violent sursaut et le regarda avec de grands yeux effarés.

– Qu'est-ce que vous voulez ? aboya-t-il d'un ton où l'agressivité ne servait qu'à masquer une espèce de peur incompréhensible.

Au même moment, le deuxième homme sortit de la cabine la plus proche du mur du fond.

– Qu'est-ce que vous faites là ? demanda ce dernier, d'une voix méfiante et tendue.

Lui aussi semblait considérer l'intrusion de Corentin comme une sorte de menace.

– Allons, mes amis, un peu de calme, voyons ! fit alors une voix féminine dans le dos de Boris Corentin.

Les trois hommes se retournèrent en même temps vers la porte. Dans son encadrement se tenait Maude Villequier, superbe dans sa robe fourreau fendue jusqu'à l'aine.

La maîtresse de maison entra dans la pièce et s'adressa aux deux hommes que Boris avait suivis :

– Vous feriez mieux de remonter, à présent. Notre ami Lionel a dû s'égarer, il ne faut pas lui en vouloir. Après tout, c'est la première fois qu'il vient ici, n'est-ce pas…

Les deux types disparurent sans demander leur reste. Et même, jugea Corentin, avec une certaine précipitation soulagée. Aussitôt, à sa grande surprise, Maude plaqua son corps fin et nerveux contre le sien, nouant ses deux bras derrière sa nuque et écrasant ses seins contre sa poitrine.

– Je suis très heureuse du hasard qui nous isole ici… murmura-t-elle tout près de son oreille, tandis que, machinalement, Boris refermait ses mains sur ses hanches fines. Dès que je vous ai vu, j'ai su que j'allais faire l'amour avec vous ! Alors, pourquoi ne pas le faire ici, tout de suite ? Et ne me dites pas que vous n'avez pas envie de moi !

Boris Corentin lui sourit sans répondre. Compte tenu de la vitesse à laquelle sa virilité grossissait et durcissait contre le ventre de la maîtresse de maison, il aurait en effet été bien en peine de prétendre à l'indifférence.

Leurs bouches se joignirent en un baiser fougueux. Corentin laissa ses mains descendre le long du dos sinueux de sa partenaire pour aller pétrir ses fesses aussi dures et rondes que celles d'une adolescente.

Maude se mit à respirer plus vite et plus fort, tandis que ses mains à elle s'attaquaient à la braguette de Boris avec une habileté certaine. Elle poussa un petit cri ravi lorsque sa verge lourde et tendue jaillit à l'air libre.

– Bon sang, mais elle est énorme ! souffla-t-elle, en enroulant ses doigts autour de la hampe noueuse et palpitante. Je sens que tu vas me faire jouir comme une folle avec ton bel engin. Ma chatte est déjà trempée rien que d'y penser ! Vérifie, si tu ne me crois pas…

Boris Corentin ne pouvait faire moins que de s'exécuter. Il glissa sa main droite dans la fente de la robe, remonta le long d'une cuisse douce et chaude, avant d'atteindre le petit buisson soyeux qui en marquait la fin.

Effectivement, c'est sans le moindre effort que ses doigts plongèrent dans un pot de miel chaud et étroit. Lorsqu'il effleura le clitoris de Maude, il ressentit une brève douleur à sa nuque : sous l'effet de l'excitation, la jeune femme venait de le griffer, telle une chatte en chaleur.

De son autre main, cependant, elle continuait de le caresser langoureusement.

– Tu vas me la mettre, hein, mon beau salaud ? haleta Maude, qui semblait s'étourdir de ses propres paroles obscènes. Ça va être divin ! Elle est tellement dure !

Mais, précisément au moment où elle disait cela, Boris Corentin sentit son sexe perdre rapidement de la consistance et du volume. Alors que son excitation « cérébrale » était intacte. Il en fut très surpris : jamais une chose pareille ne lui était encore arrivée…

Mais c'était un fait : malgré la caresse savante de Maude, il était bel et bien en train de *débander*. Et le plus étrange c'est qu'il n'y avait pas que son sexe pour se ramollir : ses jambes elles-mêmes s'étaient mises à trembler légèrement, comme si elles s'apprêtaient à se dérober sous lui.

Il n'eut pas le temps de s'appesantir sur ce phénomène relativement désagréable, car la porte s'ouvrit toute grande sur Thierry Villequier.

Il ne parut pas du tout étonné de découvrir sa femme masturbant l'un de ses invités, tandis que celui-ci fourrageait entre ses cuisses, sous sa robe.

– Maude, il faut que je te parle ! dit-il seulement d'un ton sans réplique, en ressortant de la pièce.

– Attends-moi, je reviens tout de suite… murmura Maude avant de suivre son mari.

Elle referma la porte derrière elle, et Boris Corentin eut la surprise d'entendre une clé tourner dans la serrure.

Maude Villequier venait de l'enfermer dans ces toilettes où il se retrouvait seul !

Il aurait voulu foncer à son tour vers la porte, mais ses jambes étaient de plus en plus mal assurées. Au point qu'il dut s'appuyer des deux mains au rebord du lavabo le plus proche de lui pour ne pas risquer de tomber.

Qu'est-ce qui lui arrivait ?

Il n'eut pas à se poser longtemps la question, car ce « coup de mou » s'évanouit aussi vite qu'il était venu et il retrouva tout son aplomb en quelques secondes. Il se passa néanmoins le visage sous l'eau froide et, après ce traitement, se sentit de nouveau parfaitement d'attaque.

Il restait à régler cette étrange question : pourquoi Maude Villequier avait-elle jugé bon de fermer la porte à clé ?

Boris Corentin posa tout de même sa main sur la poignée, à tout hasard.

La porte s'ouvrit sans aucune difficulté.

Il en resta tout bête durant quelques secondes. Il était absolument certain d'avoir entendu le double tour de la clé dans la serrure, quelques instants plus tôt.

Pourtant, la réalité était là, indubitable : la porte était ouverte. Et, en examinant la peinture qui recouvrait le pêne de la serrure, il semblait probable qu'elle n'avait pas été fermée à clé depuis belle lurette.

CHAPITRE II

Boris Corentin s'adossa au mur du couloir désert, afin de réfléchir calmement. Il finit par se dire qu'il avait peut-être rêvé. Que, sous l'emprise conjointe de l'excitation sexuelle suscitée par Maude Villequier et de son petit moment de faiblesse, il avait pris pour un bruit de clé ce qui pouvait et devait être tout autre chose.

En attendant, ses hôtes avaient disparu et le couloir était plongé dans un silence complet.

Boris Corentin se dit qu'à l'étage supérieur l'orgie devait désormais battre son plein. Et que nulle part, dans les différents salons, il n'avait trouvé la moindre trace d'une fille mineure. Ce qui pouvait signifier que Jean-Charles Bourdivin s'était foutu d'eux. Mais aussi bien que, pour une raison ou pour une autre, les Villequier s'étaient méfiés de quelque chose ou de quelqu'un et qu'ils s'étaient en conséquence prudemment cantonnés à une partouze « classique ».

Peut-être aussi que ces mineurs n'étaient pas présents à chaque soirée qu'ils organisaient. Que ce traitement de faveur était réservé à des invités triés sur le volet, que l'on ne faisait venir qu'en petit comité.

Enfin, bref, il fallait bien se rendre à l'évidence : le piège que Boris Corentin et ses collègues avaient tendu à Thierry et Maude Villequier se refermait sur du vide. Il fallait donc en tirer les conclusions qui s'imposaient.

Corentin sortit son portable de sa poche et enfonça la touche correspondant au numéro d'Aimé Brichot. Il fut donc surpris d'entendre résonner à son oreille la voix de Géraldine Hébert. Il en conclut qu'il avait dû se tromper de touche.

– C'est moi, Petit bonhomme ! s'annonça-t-il. Tout va bien de votre côté ?

– Ça va, sinon qu'on se fait chier grave, répondit la jeune femme d'une voix morose. Et puis, arrête de m'appeler « Petit bonhomme », ça finit par devenir agaçant !

– Ah bon ? fit Boris Corentin, très surpris, car leur jeune collaboratrice ne s'était jamais plainte du surnom qu'il lui avait trouvé dès le début de leurs relations.

– Tu voulais quoi, au juste ? reprit Géraldine Hébert, sur le même ton à peine aimable.

– Vous dire que c'était râpé pour ce soir et qu'on allait replier les gaules, répondit Corentin. J'ai eu beau fureter dans tous les coins : pas la moindre fille mineure ! Ni de garçon, d'ailleurs. Bref, on s'est planté.

– M'étonne pas… grommela Géraldine. J'ai toujours pensé que tu avais vraiment eu une idée à la con, sur ce coup. On a paumé une soirée, quoi ! Bon, je suppose qu'on se retrouve demain matin au bureau ? Allez, *ciao*, bonne nuit !

Et Géraldine Hébert coupa la communication sans laisser le temps à son correspondant d'ajouter un mot. Boris Corentin regarda son téléphone d'un air ébahi : c'était bien la première fois que Géraldine lui parlait sur ce ton ! Tout juste si elle ne l'avait pas envoyé bouler…

« Un problème de règles difficiles, probablement… songea-t-il en rangeant son portable dans sa poche. Ou alors elle s'est engueulée avec Liselotte… »

Liselotte Faarup était la superbe jeune Danoise avec laquelle Géraldine Hébert vivait depuis près de deux ans maintenant. Et même si leur amour paraissait à toute épreuve, il leur arrivait tout de même, comme dans tous les couples, qu'ils soient hétéro ou homosexuels, de s'envoyer leurs vérités à la tête. Juste avant une ardente réconciliation sous la couette…

Boris Corentin fit demi-tour pour remonter tout le couloir qui, au bout, débouchait sur le grand hall du château. Il préférait remonter au premier étage par le majestueux escalier « officiel » plutôt que par celui qu'il avait emprunté pour en descendre.

Son premier mouvement avait été de quitter immédiatement le château et de rentrer tranquillement chez lui, rue de Turbigo. Puisque leur affaire était manquée.

Mais, en même temps, il ne parvenait pas à croire que leur indicateur, Bourdivin, ait pu inventer toute cette histoire de mineurs. Quel aurait été son intérêt ?

Aucun. Donc, de plus en plus, Corentin avait tendance à croire que le dealer leur avait dit la vérité mais que, par malchance, ce soir, il était tombé dans une partouze « sans ».

Par conséquent, ce qu'il fallait faire, puisque sa couverture semblait efficace, c'était continuer d'être Lionel Bauchard pour Thierry et Maude Villequier et essayer d'entrer dans leurs bonnes grâces, de devenir plus intimes avec eux – leur ami. En espérant que, la prochaine fois, ils l'invitent à une soirée échangiste « avec ».

En entrant dans le grand salon surchauffé, la première chose que vit Boris Corentin, ce fut la longue fille brune entièrement nue, suspendue par les deux bras au grand lustre tombant du plafond.

Sous elle, une table avait été poussée. Un homme aussi nu qu'elle et bandant comme un cerf était monté dessus. Ce faisant, sa bouche arrivait juste à la hauteur de son sexe touffu et il plongeait une langue avide au centre de cette fournaise broussailleuse et sombre.

Partout ailleurs, dans la grande pièce, c'était d'incroyables débordements en tous genres. Appuyé des deux mains à une fenêtre, les reins cambrés, le chanteur à la mode se faisait cingler les fesses à coups de badine par une grande blonde qui ne portait qu'un corset de cuir pour tout vêtement. À chaque coup qu'elle donnait au postérieur de la star pour midinettes, ses propres fesses tremblotaient comme de la gelée anglaise. Quant à sa victime, elle piaillait comme un cochon que l'on va égorger, mais ne s'en offrait que davantage aux coups qui lui marbraient et lui rougissaient le fessier.

Un peu plus loin, c'étaient deux femmes qui s'entreléchaient le sexe dans la position du 69, cependant que celle qui se trouvait au-dessus était vigoureusement pénétrée par le sénateur. Lequel, bizarrement, avait conservé veste, chemise et cravate, mais était nu au-dessous de la ceinture.

L'ex-présentatrice du journal, décidément en grande forme, était maintenant occupée à offrir son sexe soigneusement taillé aux coups de langues d'un jeune homme, tandis qu'elle en masturbait deux autres, une queue dans chaque main.

Et ainsi de suite.

– Puisque c'est comme ça, je m'en vais ! glapit soudain une voix d'homme bizarrement aiguë.

Corentin tourna la tête dans sa direction. C'était un jeune type grand et très mince, entièrement nu, le sexe fort long et d'une rigidité parfaite.

– Tu peux te casser si tu veux, mais tu ne m'enculeras pas ! lui rétorqua la brune grassouillette, qui se masturbait tranquillement de deux doigts, sur le canapé en face de lui, une jambe passée sur l'accoudoir.

– Eh bien, oui, je me casse ! reprit l'autre, de cette même voix glapissante. et par le plus court chemin encore !

Sidéré, Boris Corentin le vit marcher droit vers l'une des hautes fenêtres donnant sur le parc, l'ouvrir d'un geste brutal et enjamber le montant.

– Eh ! arrêtez, on est au premier étage ! cria-t-il, en se dirigeant vers lui.

Étrangement, tout autour d'eux, personne ne semblait avoir pris conscience de ce qui était en train de se passer.

Ralenti par les groupes qui copulaient à même le sol, Boris Corentin n'était encore qu'à deux mètres de la fenêtre lorsqu'il vit le jeune homme nu disparaître dans le vide.

Effaré, il accéléra le pas, bousculant au passage un gros homme occupé à se faire sucer par une petite blonde qui ne devait pas avoir plus de la moitié de son âge.

Il se pencha par la fenêtre, s'attendant à découvrir le jeune homme gisant quelques mètres plus bas. Or, pas du tout : celui-ci, déjà sur pied, s'avançait tranquillement vers l'esplanade où se trouvaient parquées les voitures des invités.

Estomaqué, Boris Corentin le vit monter dans l'une de celles-ci, toujours entièrement nu, démarrer et, après une manœuvre rapide, filer en direction de la sortie.

Au même moment, il prit conscience que, contrairement à ce qu'il croyait avoir vu en arrivant, les fenêtres du salon donnaient non sur le parc mais sur la partie avant du château, ce qui lui parut très étrange.

Lorsqu'il se retourna, il croisa le double regard d'un couple, à moins de deux mètres de lui, dont la femme tenait en main le membre dur de son partenaire.

– Vous avez vu ? souffla-t-il, les prenant à témoin. Il est complètement dingue, il aurait pu se tuer !

La fille lui sourit avec un léger haussement d'épaules, qui fit frissonner sa poitrine aux mamelons érigés.

– Faut pas vous frapper, il fait toujours ça... lui dit-elle d'une voix parfaitement calme.

Et les deux s'éloignèrent sans plus de cérémonie, cependant qu'un homme d'une cinquantaine d'années s'approchait pour refermer tranquillement la fenêtre.

– C'est pas le moment d'attraper froid, hein ? dit-il à Corentin avec un petit clignement de l'œil droit.

Et, tapotant sa grosse verge dressée, il ajouta sur un ton badin et quelque peu bêtifiant :

– C'est que c'est fragile, ces petites bêtes-là !

Et, sans plus de façon, il saisit par le bras la grande femme rousse qui passait à ce moment à sa portée et lui fourra d'autorité son sexe dans la main. Ce qu'elle n'eut pas l'air de trouver déplacé. Elle se mit à le masturber doucement, tout en lançant à Corentin un regard nettement invitateur.

Mais Boris ne s'intéressait déjà plus à eux. Il venait de voir Thierry Villequier quitter le grand salon pour s'engouffrer dans l'un de ceux qui se trouvaient à sa suite. Il prit le même chemin, en slalomant entre les groupes. À mi-parcours, il eut le plus grand mal à se débarrasser courtoisement d'une petite brune qui tenait absolument à ce qu'il lui « bouffe le berlingot » suivant sa propre expression.

Il réussit enfin à pénétrer dans ce qu'il pensait être

le petit salon bleu. Il fut donc un peu décontenancé de le découvrir exactement tel qu'il s'en souvenait, dans ses volume et disposition, mais entièrement tendu de rouge.

« Décidément, mon vieux, tu perds ton légendaire sens de l'orientation ! », se dit-il, fort surpris de sa méprise.

La petite pièce était occupée par deux couples. Les deux femmes, à quatre pattes et l'une face à l'autre, s'embrassaient à pleine bouche, tandis que, à genoux derrière elles, les deux hommes les pénétraient en cadence.

Mais pas de trace de Thierry Villequier.

Boris Corentin traversa rapidement le salon en diagonale et passa dans le suivant. Lequel se révéla être le fameux salon bleu, mais meublé très différemment de ce qu'il était dans son souvenir : une profusion de canapés, de fauteuils, et même quelques poufs orientaux, çà et là.

Trois personnes se trouvaient là. Maude et Thierry Villequier, d'abord. Et aussi le Russe athlétique à qui, plus tôt dans la soirée, Villequier avait dit qu'il pouvait très bien se rendre au pavillon « à pieds secs ».

L'insolite du tableau tenait à ce que les époux Villequier étaient en grande conversation, lui debout, elle assise, et que, dans le même temps, Maude caressait négligemment l'énorme trompe de chair brune qui jaillissait du ventre du Russe, affalé dans le canapé à sa gauche. Lequel, pantalon largement ouvert, bras de chaque côté du corps, restait parfaitement impassible malgré la caresse dont il était l'objet.

Lorsqu'elle vit Boris Corentin s'encadrer dans la porte, Maude Villequier lui fit – de sa main libre… – un petit signe pour qu'il vienne les rejoindre. Ce qui arrangeait bien Boris, qui ne perdait pas de vue son objectif prioritaire : tenter de devenir intime avec le couple Villequier, afin de tenter de les coincer plus tard, lors d'une soirée ultérieure.

– Alors, mon cher Lionel ? s'enquit la maîtresse de maison d'un ton cordial, presque mondain. Comment trouvez-nous notre petite soirée ?

– Mais… tout à fait réussie, il me semble ! répondit Corentin, en s'efforçant de ne pas trop s'appesantir sur la main féminine masturbant le sexe du Russe.

– J'espère que vous avez trouvé des partenaires à votre goût… dit alors Thierry Villequier, lui aussi fort aimablement.

– Ma foi, je n'ai pas encore eu l'occasion de m'en soucier, répondit Boris avec un petit sourire d'excuse. Tout est si nouveau pour moi…

Il se composa un petit air gêné et, après avoir fait mine d'hésiter, il ajouta, un ton plus bas :

– Et puis, il faut que je vous avoue une chose qui est toujours un peu délicate à dire…

– Allez-y, voyons ! l'encouragea Maude Villequier, en écartant doucement les cuisses, afin qu'il puisse vérifier qu'elle ne portait toujours rien sous sa robe fendue. Nous sommes entre nous, et les tabous n'ont pas leur place ici !

– Eh bien, voilà : sans vouloir vexer personne, je trouve les femmes présentes ce soir un peu… un peu trop… comment dire ? Un peu trop *mûres* pour mon goût, voilà !

– Trop mûres ? s'exclama Thierry Villequier, avec un petit rire bref. Vraiment, mon cher, vous me surprenez : certaines de nos invitées de ce soir n'ont pas 25 ans !

Corentin prit un air encore plus confus :

– C'est que, 25 ans, pour moi, c'est déjà bien vieux… Et même 20, d'ailleurs… Enfin, je suppose que je ne devrais pas avouer des choses aussi « dangereuses » à des gens qu'après tout je connais à peine…

Il ne rata pas le bref coup d'œil que ses paroles avaient provoqué entre les deux époux.

– Mon cher, reprit Thierry Villequier, sachez que les nouveaux venus que nous acceptons chez nous sont toujours considérés avec la même bienveillance que nos plus vieux et intimes amis !

Il eut de nouveau son petit rire sec et désagréable, avant d'ajouter, sur le ton de la complicité :

– À plus forte raison lorsque nous sommes destinés à avoir avec eux des… *échanges commerciaux* ! Car nous allons bien en avoir, vous et nous, n'est-ce pas ?

– C'est sûr ! affirma Corentin avec force et conviction. Je suis tout à fait décidé à reprendre une partie des… des *affaires* de Jean-Charles. Et je dois dire que je tiens tout particulièrement à votre… disons à votre confiance et à votre amitié. Car je ne peux pas marcher autrement qu'à la confiance, moi, je suis comme ça, je n'y peux rien.

– C'est exactement comme nous ! affirma Thierry

Villequier. La confiance et l'amitié : il n'y a que ça de vrai !

– Par conséquent, enchaîna Maude en le regardant bien en face, vous comprenez que vos préférences en matière de sexe et d'érotisme ne peuvent choquer personne ici. En tout cas ni Thierry ni moi…

Boris Corentin poussa un gros soupir de soulagement :

– Vous m'en voyez ravi ! Ce n'est pas toujours évident, vous savez ? Il y a des gens qui le prennent mal, lorsqu'on leur dit qu'on est attiré par les très jeunes filles…

– Les gens sont des cons ! déclara catégoriquement Thierry Villequier, avec un grand geste du bras.

Puis, sur un ton un peu plus canaille, en se penchant vers Boris Corentin :

– Ici, vous ne serez jamais jugé sur ce genre de choses. D'autant moins que, moi-même, à l'occasion, je ne crache pas sur une petite caille de l'année !

– Ça va, les hommes, je ne vous gêne pas dans vos confidences de gros cochons ? minauda l'épouse, en lâchant brusquement le sexe énorme qu'elle manipulait de plus en plus machinalement.

Elle se tourna vers le Russe :

– Steppe, tu veux bien nous laisser un moment ? On a à parler avec notre ami Lionel…

Le visage toujours aussi impénétrable, le dénommé « Steppe » remballa tant bien que mal son pieu raide et noueux, se leva pesamment, se rajusta et disparut par une porte latérale, sans avoir prononcé un mot.

– Vous l'appelez Steppe parce qu'il est russe ? s'enquit Corentin avec un petit sourire.

– Pas seulement, répondit Maude, en tapotant le canapé à sa gauche pour l'inciter à l'y rejoindre. L'homme de confiance de mon mari s'appelle Oleg Stepanovitch Vassiliov : d'où ce surnom de « Steppe » que je lui ai trouvé…

– C'est un ancien militaire, précisa Thierry Villequier. Il m'est dévoué corps et âme. Il est fidèle, vous ne pouvez pas savoir ! Fidèle comme… comme…

– *Comme un dogue au maître, le lierre au tronc…* enchaîna Corentin avec un petit sourire, tout en prenant place à la gauche de Maude Villequier.

– Et en plus, il cite Apollinaire ! s'exclama cette dernière, en posant sa main très haut sur la cuisse de Boris et en écrasant ses seins contre son bras. Décidément, je crois que nous allons très bien nous entendre, mon cher Lionel !

Elle eut un petit sourire trouble et ajouta :

– J'espère que vous ne m'en avez pas voulu, tout à l'heure, pour cette brutale « interruption des réjouissances » ? D'ailleurs, la soirée n'est pas finie…

Et, ce disant, elle empoigna carrément le sexe de Boris à travers le fin tissu de son pantalon.

– Je vais vous laisser, dit alors Villequier. Il faut tout de même que je m'occupe un peu de nos invités… même si j'ai l'impression qu'ils se passent fort bien de moi !

Maude n'attendit pas que son mari ait quitté le salon pour s'attaquer au pantalon de Boris Corentin. Il ne lui fallut qu'une poignée de secondes pour faire jaillir à l'air libre sa virilité déjà aux trois quarts érigée.

– Rien de tel qu'une bonne petite pipe pour sceller une amitié naissante… murmura la maîtresse de maison avant de se pencher sur lui pour engloutir son membre entre ses lèvres avides et délicieusement charnues.

Tout en le suçant goulûment, elle se tortilla de façon à se mettre à genoux sur le canapé. Puis, elle écarta les jambes afin de bien dégager la fente de sa robe. Elle interrompit un court instant sa fellation pour lâcher :

– Branle-moi pendant que je pompe ta superbe queue, j'adore ça ! Et si tu as envie de me mettre un ou deux doigts dans le cul, surtout n'hésite pas…

Boris Corentin n'avait aucune raison de lui refuser cet innocent petit plaisir. Glissant ses doigts sous la robe, il la trouva trempée et chaude, prête à le recevoir. Maude eut un petit sursaut lorsqu'il força le passage étroit de ses reins – pas si étroit que cela, d'ailleurs… –, mais elle se cambra encore davantage pour lui faciliter la tâche.

Peut-être à cause de l'ambiance violemment érotique qui se répandait partout autour d'eux, Boris fut surpris de la rapidité avec laquelle il explosa dans la bouche qui l'accueillait, et de l'intensité de son plaisir.

Maude l'avala avidement jusqu'à la dernière goutte, tandis que son corps faisait de brusques soubresauts en s'empalant toujours plus profondément sur les doigts de son partenaire, fichés en elle.

Elle-même jouit presque aussitôt avec un long râle de gorge, avant de s'affaler en travers des cuisses de Corentin.

Elle resta ainsi près d'une minute, sa respiration s'apaisant peu à peu, tandis que Boris lui caressait machinalement le cou et les épaules, tout en réfléchissant.

Il était plutôt satisfait de la tournure que prenaient les événements. La soirée avait certes mal commencé puisqu'il n'avait pas été capable de trouver la moindre fille mineure participant à l'orgie qui était en cours. Mais, ensuite, il avait fait de très rapides progrès dans l'intimité des époux Villequier, sans même parler de la délicieuse fellation qui venait de lui être prodiguée par Madame…

Surtout, il avait la quasi-certitude que sa soi-disant attirance pour les très jeunes filles avait été reçue d'une oreille très favorable par Thierry et Maude. Et, ça, pour la suite, c'était un atout appréciable.

Il lui restait à progresser encore, en maintenant la fiction de sa couverture auprès d'eux.

Maude Villequier finit par se relever. Elle rajusta vaguement sa robe sur elle et sourit à Boris :

– C'était très bon. J'espère que nous aurons l'occasion de recommencer…

– Je l'espère aussi, mais pas ce soir, répondit celui-ci : je commence à être fatigué et je crois que je vais rentrer me coucher. Si vous le permettez, bien entendu…

– Bien sûr, faites donc ! On ne retient pas les gens de force, ici, vous savez ? Mais qu'est-ce que vous diriez de repasser demain dans l'après-midi ? On sera plus tranquille pour parler, une fois tout le monde parti. Et puis… il serait peut-être bon que vous nous apportiez un peu de… de *provisions*…

– Pas de problème, assura Corentin, je passerai.

– Tant mieux, je m'en réjouis ! Maintenant, pardonnez-moi, mais il faut que j'aille jouer les maîtresses de maison…

– Seulement les maîtresses de maison ? demanda Corentin avec un peu d'ironie.

Maude eut un petit rire de gorge :

– Oh, je vais sans doute m'envoyer en l'air encore une fois ou deux, si c'est ce que vous voulez dire ! Il y a ce soir une petite blonde à croquer qui m'a avoué tout à l'heure qu'elle ne partirait pas avant de m'avoir léché la chatte jusqu'à ce qu'orgasme s'ensuive !

– Ce serait dommage de la décevoir, approuva Boris, juste avant que Maude ne quitte le salon bleu.

Boris Corentin sortit à son tour. Pour ne pas avoir à retraverser le grand salon, il emprunta la sortie latérale qu'avait prise le Russe tout à l'heure. De là, il rejoignit directement le palier du premier étage et descendit l'escalier de réception, vers le grand hall.

Une fois là, il s'arrêta, interloqué. Il se retourna, leva les yeux vers l'entrée du grand salon, au-dessus, puis regarda de nouveau la grande porte d'entrée du château.

Il eut beau se creuser la tête, il ne parvint pas à comprendre comment la porte d'entrée pouvait donner sur l'esplanade, alors que les hautes fenêtres du salon, qui lui étaient opposées y donnaient également, comme il avait pu le constater lorsque le jeune type avait sauté par l'une d'elles.

Décidément, il se passait des choses bien étranges, dans le château des Villequier.

Chapitre III

Parvenant à la porte des Affaires recommandées, Boris Corentin perçut les bruits d'une conversation assez animée à l'intérieur du bureau. Il identifia sans peine les voix du capitaine Aimé Brichot et du lieutenant Géraldine Hébert, ses deux principaux coéquipiers au sein de la BRP, la Brigade de répression du proxénétisme, autrement dit la fameuse Brigade mondaine, dont il était l'un des plus brillants éléments, depuis près de vingt ans.

Il ouvrit la porte, un sourire anticipé sur les lèvres. Un sourire qui disparut aussitôt qu'il s'aperçut que la conversation de ses deux amis s'interrompait brusquement à son entrée, et que chacun d'eux faisait mine de se replonger dans la contemplation de son écran d'ordinateur.

– Vous disiez du mal de moi ? s'enquit-il, sur un ton badin qui ne sonna pas très juste à ses propres oreilles.

Aimé Brichot haussa les épaules et remonta ses lunettes d'un index impatient :

– Si tu crois qu'on a que ça à faire, de parler de toi, mon pauvre Boris !

– Oh, bon, ce que j'en disais, hein… C'est notre échec d'hier soir qui vous met de mauvais poil ce matin ?

Géraldine Hébert leva le nez de son clavier et le regarda avec un large sourire ironique. Boris Corentin fut surpris de ne pas voir apparaître la petite fossette de sa joue droite, comme cela se produisait d'habitude chaque fois qu'elle souriait.

– *Notre* échec ? dit-elle. Tu devrais plutôt parler de *ton* échec, non ? C'est tout de même bien toi qui as tenu à monter cette opération. Et, si je me souviens bien, Mémé et moi, on n'était pas très chauds…

Boris Corentin en resta muet. Qu'est-ce qui leur prenait, ce matin, à tous les deux ? Pourquoi est-ce qu'ils se montraient aussi agressifs avec lui ?

– Géraldine, tu te souviens que nous sommes attendus chez Baba ? dit soudain Aimé Brichot, faisant dévier le cours des réflexions de Boris.

– Ah oui, tu as raison ! répondit la jeune femme, en se levant de son fauteuil. Allez, allons-y !

Ils se dirigèrent vers la porte du bureau, sans même se préoccuper de savoir si Corentin les suivait. Ce que celui-ci fit en effet, mais préoccupé par quelque chose de bizarre, sur lequel il ne parvenait pas à mettre le doigt.

Il trouva brusquement, au moment où Aimé Brichot poussait la double porte capitonnée du bureau du commissaire divisionnaire Charlie Badolini, alias Baba, le patron de la Brigade mondaine.

Depuis que la jeune femme était arrivée à la brigade, c'était la première fois qu'il entendait Aimé

Brichot et Géraldine Hébert se tutoyer.

Sa deuxième surprise, lorsqu'il pénétra dans le bureau du patron fut de pouvoir y respirer un air presque pur et non le concentré tabagique auquel il était depuis des années habitué. Et, en effet, d'un coup d'œil, il constata que le grand bureau de style Empire était vierge de toute cigarette ou briquet – même le gros cendrier en onyx avait disparu.

– Toutes mes félicitations, patron ! fit-il en prenant place dans l'un des deux fauteuils réservés aux visiteurs.

Charlie Badolini releva la tête et le toisa d'un œil vaguement soupçonneux :

– Vos félicitations pour quoi, je vous prie ?

– Eh bien, mais... pour votre entrée dans le monde des non-fumeurs ! Ce n'est pas trop dur ?

Le commissaire divisionnaire haussa les épaules :

– Pensez-vous ! Je m'en suis débarrassé tellement facilement que, par moments, il faut que je fasse un effort pour me rappeler que j'ai été fumeur, c'est vous dire !

Boris Corentin ne répondit rien, mettant la tirade de Badolini sur le compte d'une certaine bravade. Mais, de fait, il dut convenir que le commissaire n'avait pas l'air plus tendu que d'ordinaire – et même plutôt moins.

– Bien, attaqua celui-ci, et si nous faisions le point sur votre petite équipée d'hier et sur cette affaire Villequier ? Si tant est qu'il y en ait une, d'affaire...

Il leva les yeux vers Boris Corentin :

– Vous nous faites un petit résumé de votre virée

nocturne, qu'on se fasse une idée ?

Corentin s'exécuta aussitôt, passant toutefois sous silence l'épisode final le concernant, sur le canapé, en compagnie de Maude Villequier.

Lorsqu'il se tut, Charlie Badolini fit la grimace :

– En clair, vous avez fait chou blanc : pas plus de ballets roses que de beurre en broche ! À mon avis, il va être temps de revenir aux affaires sérieuses…

Boris Corentin eut un violent sursaut :

– Patron, je ne suis pas du tout d'accord avec vous ! Je pense au contraire qu'il y a quelque chose ! Que les Villequier traficotent bel et bien avec des mineurs, mais qu'il ne s'est rien passé hier soir ! Les allusions qu'ils m'ont faites me semblent assez claires. Non seulement je pense qu'il ne faut pas laisser tomber, mais que je dois au contraire intensifier ma présence auprès d'eux, continuer de jouer les dealers, entrer dans leur intimité, capter leur confiance…

Relevant la tête, Corentin fut surpris du regard lourd que Charlie Badolini faisait peser sur lui.

– Boris, je suis un peu étonné de votre insistance à vouloir à tout prix devenir ami avec ces gens. Je ne vois pas bien quel est votre intérêt là-dedans…

– Mon *intérêt* ? releva Corentin vivement. Mais enfin, Monsieur le divisionnaire, je n'ai *aucun* intérêt ! Si ce n'est celui de l'enquête et de la justice, bien entendu !

Charlie Badolini eut un petit geste insouciant, du revers de la main droite.

– Oh, la justice… Elle a bon dos, parfois, la justice ! lâcha-t-il d'un ton badin qui ne lui était pas habituel. Ce que je vois, moi, c'est que, brusquement, vous voulez à tout prix continuer à fréquenter ces gens. Ces gens riches, célèbres, puissants… Et ce, sous les prétextes les plus minces ! Vraiment, mon cher Corentin, non seulement vous me surprenez, mais vous m'inquiéteriez, pour un peu !

Boris était si estomaqué qu'il en resta sans voix. Le temps qu'il rassemble un peu ses esprits, Charlie Badolini s'était déjà tourné vers les deux autres :

– Et vous, qu'en pensez-vous ? Brichot…

Boris Corentin se tourna à demi vers son fidèle coéquipier et ami, afin, lui aussi, de solliciter son avis. C'est-à-dire, dans son esprit, un appui solide. Il en fut pour ses frais.

– Je pense que vous avez raison, Monsieur le divisionnaire, répondit Brichot, en lissant la pointe droite de sa moustache entre le pouce et l'index. Dans la mesure où la soirée d'hier n'a rigoureusement rien donné, si on continuait dans cette voie, on donnerait l'impression de s'acharner sur les époux Villequier. Et de le faire *sans la moindre raison*. J'ajouterais que, s'ils venaient à s'en apercevoir, on pourrait s'attendre à un méchant retour de bâton. Et puis, après tout, ces gens-là ont autant le droit que d'autres qu'on leur foute la paix !

Apparemment fort satisfait de cette réponse, Charlie Badolini se tourna vers Géraldine :

– Et vous, lieutenant Hébert, quelle est votre opinion sur la conduite à tenir ?

Au lieu de répondre au commissaire divisionnaire, Géraldine se tourna carrément vers Boris Corentin :

– Boris, très franchement, je pense que tu es en train de te planter dans les grandes largeurs. Même si tu es sincère dans ta démarche, je pense que tu perds ton temps et que tu n'arriveras jamais à rien avec les Villequier. D'abord parce qu'à mon avis tu t'y prends très mal, et ensuite parce qu'ils sont plus forts que toi, excuse-moi de te le dire aussi brutalement. Je pense qu'il est temps, en effet, de redescendre sur terre !

Comme un boxeur qui vient de se prendre une série de directs, il fallut quelques secondes à Boris Corentin pour se remettre de cette avalanche de coups qui le laissaient à moitié sonné. Et d'autant plus qu'ils venaient des trois personnes dont il se sentait le plus proche. Avec qui il avait pratiquement toujours été en phase.

Alors que, là, non seulement Charlie Badolini l'avait plus ou moins soupçonné de visées personnelles un peu troubles, mais en plus il s'était fait flinguer en direct par son fidèle Aimé Brichot et son « Petit bonhomme » de Géraldine – qui d'ailleurs ne voulait plus être appelée ainsi.

Qu'est-ce qui se passait ?

Est-ce qu'il faisait fausse route à ce point-là, dans l'affaire Villequier, sans même être capable de s'en rendre compte, malgré son légendaire instinct ?

Le pire est qu'aucun n'avait jugé bon de motiver son verdict à son encontre ! C'était tombé comme un couperet de guillotine, sans le moindre attendu de jugement !

Se ressaisissant tant bien que mal, Corentin ouvrait

la bouche pour demander des explications à ses coéquipiers, mais il fut pris de vitesse par Charlie Badolini :

– Bien, la cause est entendue : je referme le dossier Villequier, au moins jusqu'à ce que nous ayons des éléments nouveaux et si possible décisifs. Brichot et Hébert, vous allez tout de suite vous remettre sur l'affaire du notaire de Bougival…

Il se tourna vers Corentin et le sourire aimable qu'il avait eu pour s'adresser aux deux autres disparut de son visage parcheminé comme par enchantement :

– Quant à vous Boris, j'ai consulté votre dossier tout à l'heure : pour l'année en cours vous avez encore treize jours ouvrables de congés à prendre. Donc, prenez une semaine tout de suite, ça vous permettra de faire un petit point avec vous-même et de réfléchir sereinement à tout ça. Reposez-vous et on en reparle d'ici une semaine, d'accord ?

– Mais enfin, patron, je…

– Allez, allez, bonnes vacances ! profitez-en, espèce de petit veinard ! le coupa Badolini avec une bonne humeur joviale qui ne lui ressemblait nullement.

Lorsque Boris Corentin se décida finalement à se lever de son fauteuil, ce fut pour s'apercevoir qu'Aimé Brichot et Géraldine Hébert avaient déjà quitté le bureau sans même l'attendre.

Ils n'étaient pas non plus aux Affaires recommandées et, sans trop savoir ce qu'il faisait, les questions se bousculant dans sa tête, Boris rassembla rapidement ses affaires afin de « partir en vacances », comme Charlie Badolini lui en avait donné l'ordre une minute plus tôt.

Une fois sur le trottoir du quai des Orfèvres, l'air vif du matin lui fit du bien et il décida de rentrer à pied en passant par la place du Châtelet toute proche.

Arrivant à la hauteur de la terrasse du *Bar du Palais*, en face du Palais de justice, il fut un peu choqué de découvrir Aimé Brichot et Géraldine Hébert attablés à l'intérieur, chacun devant un double café, et qui semblaient plongés dans une discussion animée.

Boris Corentin, par réflexe, faillit pousser la porte pour venir s'installer à leur table.

Mais le regard froid et distant que braquèrent ses deux coéquipiers dans sa direction, tout en cessant de se parler brusquement, le dissuada de le faire, et il continua son chemin vers le pont au Change.

En essayant de comprendre ce qui était en train de se passer entre les deux autres et lui.

Chapitre IV

En tournant le coin de la rue aux Camélias, Boris Corentin faillit heurter une vieille dame qui attendait que son minuscule chien daigne finir de soulager sa vessie. Pour l'éviter, il fut contraint de se rejeter rapidement contre le mur et, durant une fraction de seconde, en ressentit une bouffée de colère qui le laissa fort surpris.

« Je dois être un peu à cran, songea-t-il en reprenant sa marche. Il faut dire que les trois autres m'ont considérablement énervé, avec leurs arguties... »

Il s'arrêta devant le numéro 16 de cette petite rue tranquille du XIVe arrondissement. C'était un immeuble de cinq étages, dont la façade en pierre de taille venait visiblement d'être entièrement nettoyée, car elle tranchait assez vivement avec ceux qui l'entouraient.

C'est là que vivait Jean-Charles Bourdivin, le « dealer mondain » – comme l'avait surnommé Géraldine Hébert – grâce à qui il avait pu pénétrer chez les Villequier, la veille au soir. Lorsqu'il lui avait téléphoné, en sortant du bureau de Charlie Badolini, Bourdivin lui avait dit de passer quand il voulait, mais de préférence avant midi.

Il était pile onze heures lorsque Corentin s'engagea dans le hall aux murs de faux marbre.

– Troisième gauche, lui avait précisé Bourdivin au téléphone. Frappez, la sonnette est en panne depuis trois jours…

Négligeant l'antique et minuscule ascenseur, Boris attaqua l'escalier à grandes enjambées, avalant deux à deux les marches impeccablement cirées.

Au troisième, le palier ne comportait que deux portes en vis-à-vis. À celle de gauche, il frappa trois coups espacés puis deux autres rapprochés, selon le code que lui avait fourni l'occupant de l'appartement.

– Entrez, c'est ouvert ! cria de l'intérieur la voix un peu trop haut perchée de Jean-Charles Bourdivin.

Boris Corentin s'exécuta, pour se retrouver dans une entrée rectangulaire, un peu sombre, encombrée de cartons divers, certains ouverts, d'autres non.

– On est au salon, juste à votre droite ! indiqua encore la voix de crécelle.

En trois enjambées, Corentin fut au seuil de la pièce indiquée et s'arrêta net. À cause du spectacle qui s'offrait à lui.

Le salon était assez vaste, bien éclairé par ses deux fenêtres offrant une vue dégagée sur de petits jardins privés. Là encore, des cartons empilés, quelques valises et tout un fouillis d'objet prouvant que le locataire de l'appartement venait sans doute tout juste d'y emménager. Ou bien encore qu'il était particulièrement négligent pour ce qui concerne son intérieur.

En dehors du meuble supportant une mini-chaîne

stéréo Bose et d'une télé à écran plat, la pièce ne comportait qu'un canapé de cuir fauve pour tout mobilier.

Sur ce canapé était assis – mais « vautré » aurait été plus exact – Jean-Charles Bourdivin. À sa droite, une fille brune et assez replète était penchée sur lui et engloutissait méthodiquement son sexe tendu entre ses lèvres d'un rouge violent.

– Ravi de vous voir, mon cher *Lionel* ! dit précipitamment Bourdivin, en insistant bien sur le prénom.

Corentin comprit que le dealer se souciait assez peu que sa petite camarade de jeu sût qu'il fréquentait un commandant de la Brigade mondaine…

– Je vous dérange peut-être ? s'informa ce dernier, très poliment mais avec une nuance d'ironie assez nettement perceptible.

– Pas du tout, pas du tout ! s'empressa Bourdivin d'un ton guilleret. Samira et moi tuions le temps gentiment en vous attendant, rien de plus !

Il prit la tête de la fille entre ses deux mains et l'écarta de son sexe sans ménagement excessif, avant de faire disparaître l'objet du délit dans les profondeurs de son pantalon gris anthracite d'excellente coupe.

Se redressant sur le canapé, la dénommée Samira offrit un sourire machinal à Corentin, visiblement pas gênée pour un sou d'avoir été surprise par lui en train de « bien faire ».

Elle avait un type maghrébin assez prononcé, avec son teint bistre, ses grands yeux noirs, sa chevelure lourde et frisée et ses lèvres un peu trop épaisses. Sa poitrine un peu trop lourde devait être déjà tombante, malgré son jeune âge. Et sa jupe moulante et élastique, relevée sur ses hanches larges, laissait voir entre ses cuisses un épais buisson noir qu'elle ne songeait nullement à dissimuler aux regards.

– Samira est une bonne fille, déclara très sérieusement Bourdivin, en achevant de remettre de l'ordre dans sa tenue. Elle adore sucer et le fait très bien. Si le cœur vous en dit, d'ailleurs… Je ne suis pas jaloux pour deux ronds !

La fille regardait Boris avec un sourire flottant et vide. Visiblement toute prête à accéder au moindre de ses désirs, puisqu'elle en avait l'autorisation.

– Une autre fois, peut-être, ce sera avec plaisir… répondit galamment Corentin. Mais, là, je n'ai pas trop de temps devant moi : nos amis m'attendent…

Jean-Charles Bourdivin comprit qu'il était temps de « causer bizness ». Il donna une claque sonore sur la fesse de Samira qui se trouvait à sa portée :

– Allez, laisse-nous, toi ! Tiens, file donc à la cuisine me préparer quelque chose à bouffer : je commence à avoir les crocs, moi…

Corentin se dit que, si libération de la femme il y avait, elle n'était pas encore passée par Jean-Charles Bourdivin…

Du reste, elle ne devait pas être davantage passée par Samira, car celle-ci bondit avec empressement hors du canapé et fila vers la cuisine sans demander son reste. Non sans avoir, au passage, gratifié Boris Corentin d'une œillade à faire rougir un bataillon de zouaves.

– Alors, comment s'est passée la soirée d'hier? s'enquit Bourdivin, dès qu'ils furent seuls dans le salon. Vous avez trouvé ce que vous cherchiez ?

– Pas précisément, non, répondit Corentin assez sèchement. Au point que je me demandais si vous ne vous étiez pas fichu de nous, avec vos histoires de filles et de garçons mineurs…

– Je vous jure que non, commandant ! réagit le dealer, en posant sa main droite sur son cœur. C'est juste que les Villequier se sont peut-être méfiés…

– De moi ?

Bourdivin haussa les épaules :

– De vous ou de quelqu'un d'autre, est-ce que je sais ? Il y avait du monde, hier soir ?

– Une quarantaine de personnes…

– Eh bien, voilà, ne cherchez pas plus loin ! s'exclama Bourdivin en s'extrayant à son tour du canapé. C'était une partouze « tous publics », si je puis dire ! Ce qui expliquerait que tout soit resté parfaitement légal. Ce qu'il faut, à mon avis, c'est que vous tâchiez de devenir plus intimes avec les Villequier, de façon à ce qu'ils…

– Je me passerai de votre avis, quant à ce que je dois faire ! l'interrompit sèchement Corentin. (Puis, se radoucissant aussi vite :) Mais c'est en effet ce que j'ai l'intention de faire ! C'est d'ailleurs pour ça que je suis ici : comme je ne veux pas arriver chez eux les mains vides, il faut que vous me refiliez ce qu'ils vous ont commandé.

Voyant que Bourdivin ébauchait un geste de protestation, Corentin y coupa court :

– Et ne me dites surtout pas qu'ils ne vous ont *rien* commandé, sinon je pourrais me fâcher ! Vous connaissez le côté... « précaire » de votre situation, n'est-ce pas ? Un coup de fil de ma part aux stups et...

– Ça va, ça va ! pas la peine de devenir désagréable... soupira Bourdivin, en se dirigeant vers l'un des cartons qui se trouvaient empilés un peu partout.

Il farfouilla un moment dans le linge qu'il contenait et revint vers Corentin avec deux sachets de plastique dans la main droite, l'un contenant de la poudre blanche et l'autre une substance brune. Il les lui tendit :

– Quinze grammes de coke et dix d'héro... Il les voulait seulement pour la semaine prochaine, mais puisque vous y allez aujourd'hui...

Tout en empochant les deux sachets, Boris Corentin eut un petit sifflement admiratif :

– Dix et quinze grammes ? Eh bien, dites donc, il ne fait pas dans le détail, notre ami Villequier !

Jean-Charles Bourdivin s'autorisa un petit sourire qui se voulait complice :

– Thierry Villequier est toujours très généreux avec ses invités, sur ce plan-là... Je suppose qu'il doit avoir prévu une grande fête pour la semaine prochaine...

Son sourire disparut et il ajouta, d'une voix un peu plus tendue :

– Et pour mon paiement, on fait comment ? Mine de rien, je viens quand même de vous filer pour plus de trois mille euros de marchandise, là...

Ce fut au tour de Boris Corentin d'avoir un petit sourire. Il toisa son interlocuteur :

– Vous ne trouvez pas que vous charriez un peu ? Je vous rappelle que si vous n'êtes pas encore derrière des barreaux, c'est un simple effet de notre bon vouloir. Vous ne voudriez pas en plus continuer à vous enrichir, non ?

– Mais je l'ai payée, moi, cette came ! s'insurgea Bourdivin, qui semblait sincèrement indigné.

Il eut un petit sourire qui se voulait complice et ne réussit qu'à être canaille :

– On pourrait faire part à deux… puisqu'officiellement on est associés, maintenant !

Boris Corentin ne prit même pas la peine de répondre. Il tourna brusquement les talons et se dirigea vers l'entrée, afin de quitter l'appartement.

Il atteignait la porte lorsqu'il s'aperçut qu'il se trouvait tout près de la cuisine, dont la porte était ouverte. Il découvrit la silhouette grassouillette de Samira, qui lui faisait face et le regardait, les fesses appuyées au rebord de l'évier.

Lentement, il la vit saisir le bas de sa jupe moulante et, sans le quitter du regard, la remonter en se tortillant sur ses cuisses charnues et dorées, jusqu'à exhiber totalement le buisson incroyablement noir et fourni qui proliférait au bas de son ventre légèrement bombé.

En même temps, elle passa un petit bout de langue entre ses épaisses lèvres entrouvertes, comme elle avait dû le voir faire dans des films X.

Boris Corentin fut saisi d'un brusque désir de

pénétrer dans la cuisine et de prendre cette fille sans préambule, là, comme ça, tout debout, contre l'évier. La saisir par les hanches, s'enfoncer d'un coup dans son ventre, avec même une certaine violence, et la labourer en force jusqu'à ce qu'orgasme s'ensuive, sans se préoccuper le moins du monde de son plaisir à elle et sans même lui adresser la parole.

Cette envie étrange le laissa un peu désarçonné. Il ouvrit la porte et, dès qu'il fut sur le palier, non seulement son désir s'éteignit mais il oublia instantanément à quoi pouvait bien ressembler Samira. Au point qu'il fut presque tenté de pénétrer à nouveau dans l'appartement de Bourdivin, pour vérifier qu'elle existait bel et bien.

Finalement, il choisit de dévaler l'escalier : il avait mieux à faire que de se soucier de cette petite pute ! Il avait « appâté » les Villequier hier, il fallait maintenant qu'il aille leur promener son hameçon devant le museau, pour les inciter à s'y accrocher d'eux-mêmes.

Après, il n'y aurait plus qu'à ferrer d'un coup sec, et tout serait dit.

*
* *

Boris Corentin se fit déposer à la grille du château par le taxi qui l'avait amené depuis la gare de RER de Saint-Germain-en-Laye. De cette entrée, large, majestueuse quoiqu'un peu trop « clinquante » peut-être, la demeure des Villequier était invisible, en raison de la distance qui la séparait de la petite route départementale mais aussi des arbres en bosquets qui s'interposaient entre les deux.

L'allée qui serpentait jusqu'à l'esplanade du château était large, en simple terre battue mais impeccablement entretenue. À droite et à gauche, depuis le sol moussu et les taillis jusqu'à la cime des plus grands arbres, les oiseaux faisaient leur habituel raffut printanier, poussaient leurs pépiements d'amour à qui mieux, mieux.

À mesure que Boris Corentin progressait à grandes enjambées, les arbres allaient se raréfiant, pour céder de plus en plus la place à de larges étendues d'herbe, elle aussi très soigneusement tondue et agrémentée de petits parterres de fleurs diverses, dont certaines, les plus précoces, étaient déjà éclatantes de couleurs.

Enfin, il déboucha sur la vaste esplanade du château, et ses semelles crissèrent sur le gravillon qui la recouvrait toute. Au moment où il grimpait les quatre marches permettant d'accéder à la vaste terrasse du château, l'une des portes latérales de celui-ci s'ouvrit, et Boris vit sortir un homme qu'il reconnut immédiatement à sa silhouette ramassée et puissante de taureau de combat.

C'était Oleg Stepanovitch Vassiliov, dit « Steppe », l'ancien militaire russe devenu homme à tout faire de Thierry Villequier… et accessoirement de sa femme, comme Boris Corentin avait pu s'en rendre compte la veille, sur le canapé du petit salon bleu.

Le Russe se comporta exactement comme s'il ne s'était pas avisé de sa présence, alors qu'il ne pouvait évidemment pas manquer de l'avoir vu, ne se trouvant qu'à une petite dizaine de mètres de lui.

Boris Corentin marcha résolument dans sa direction. Et c'est seulement lorsqu'il ne fut plus qu'à trois ou quatre mètres que Vassiliov daigna tourner lentement vers lui ses petits yeux enfoncés dans leurs orbites, à l'éclat métallique et surmontés de sourcils noirs très broussailleux.

Lorsqu'il croisa le regard de Steppe – regard incroyablement froid et dur –, Corentin se dit que cet « homme à tout faire » devait en effet être prêt à tout. Il avait beau demeurer d'un calme parfait, on sentait le type dangereux, le fauve prêt à se jeter sur la proie que son maître lui désignerait.

Mais Boris Corentin n'avait jamais eu peur des fauves. En tout cas, pas de ceux qui se déplacent sur leurs deux pattes arrière et portent des costumes gris mal coupés.

– Bonjour ! Les patrons sont là ? attaqua Corentin, avec un sourire. J'ai besoin de leur parler…

– Je vais aller voir… grommela le Russe, en le dévisageant avec autant d'aménité qu'il en aurait eu en découvrant un étron de chien au milieu de son salon.

Boris sentit sa bile s'échauffer brusquement. Il fallait lui rabattre son caquet d'entrée de jeu, à celui-là ! Sinon, il n'en viendrait jamais à bout…

– Pourquoi aller voir ? dit-il sur un ton glacial et abrupt. Vous le savez bien, s'ils sont là ou non, puisque vous sortez de la maison ! Donc, vous me répondez et basta !

Il vit les poings énormes de Vassiliov se serrer, tout

son corps se tendre. Instinctivement, il se prépara à l'affrontement, qui risquait d'être très rude...

Mais, avec un visible effort sur lui-même, le Russe parvint à se contrôler, voire à se détendre.

– Ils sont dans bibliothèque, finit-il par dire, avec son épouvantable accent et sa syntaxe un peu « folklorique ». Mais je ne sais pas si...

– Pas d'autre question ! le coupa sèchement Corentin qui, sans plus se préoccuper de lui, se dirigea vers la grande porte centrale de l'édifice.

Il ne voyait pas du tout pourquoi il aurait dû emprunter l'une des entrées secondaires...

En pénétrant dans le grand hall, il se dit que c'était bien beau de jouer les durs, mais qu'avec tout ça il n'avait pas la moindre idée de l'endroit où pouvait se trouver cette fameuse bibliothèque dont le Russe avait parlé.

Heureusement, à peine était-il entré que Maude Villequier surgissait d'un large couloir sur sa droite, comme si elle avait guetté son arrivée. Bien qu'il ne soit que midi, elle était vêtue d'une très élégante robe d'un vert légèrement satiné, très décolletée et lui descendant jusqu'aux chevilles, mais fendue haut sur le côté gauche.

Elle vint vers lui avec un sourire lumineux et un empressement qui parurent à Corentin d'excellent augure. Il ne sut pas trop comment elle se retrouva dans ses bras, et encore moins qui, d'eux deux, prit l'initiative de leur baiser long et passionné, presque sauvage.

Son corps fin et souple s'était collé au sien comme

une ventouse, et il sentait ses petits seins fermes s'écraser contre sa poitrine, tandis qu'il laissait ses mains parcourir son dos partiellement nu, la faisant frissonner.

En même temps, il sentait son membre s'ériger à toute vitesse, et il était tout à fait impossible que sa partenaire ne s'en aperçoive pas également. Mais cela n'avait pas l'air de la déranger ni de la choquer le moins du monde.

Lorsque Maude s'écarta de lui, son visage était plus coloré et ses yeux crépitaient d'un éclat érotique intense.

– Je ne sais pas du tout ce qui m'a pris ! pouffa-t-elle, sur le ton d'une petite fille prise en faute. Heureusement que Thierry ne nous a pas vus !

Boris Corentin prit un air étonné :

– Votre mari ? Ne me dites pas qu'il est jaloux, tout de même ! Après ce que…

– Après ce qui s'est passé hier soir, c'est ça que vous voulez dire ? le coupa Maude en le prenant par le bras pour l'entraîner vers le couloir par lequel elle était apparue. Mais ça n'a rien à voir, voyons ! Nos petites soirées, c'est un plaisir que nous nous offrons *ensemble*, d'un commun accord. Tandis que, là, c'était à son insu, derrière son dos…

Boris Corentin garda le silence, mais en se disant que les couples échangistes avaient une morale assez étonnante pour le commun des mortels. Tortueuse, pour le moins.

La bibliothèque était vraiment une pièce magnifique, et Boris resta un moment sur son seuil, le souffle coupé et les yeux pleins d'admiration.

De belles proportions, elle était très haute de plafond et entièrement boisée. Le plafond, à caissons sculptés, était majestueux et paraissait très vieux. Trois grandes fenêtres donnaient sur le parc, mais les trois autres côtés disparaissaient presque entièrement derrière les livres qui montaient jusqu'en haut. À mi-hauteur, une étroite galerie courait le long des trois murs, et comportait une échelle montée sur roulettes qui permettait d'accéder aux ouvrages les plus haut placés. Quant aux volumes eux-mêmes, un rapide coup d'œil permit à Corentin de voir qu'il s'agissait en majorité de grands auteurs des XVIIe et XVIIIe siècles, la plupart en éditions originales de grand luxe.

– Ça vous étonne, hein, mon cher Lionel ? s'exclama Thierry Villequier, en s'avançant vers lui, un verre en cristal de Bohème taillé à la main droite et un cigare dans l'autre.

– Qu'est-ce qui est censé m'étonner, Monsieur Villequier ? s'enquit aimablement Corentin.

– D'abord, faites-moi le plaisir de m'appeler Thierry : j'ai horreur des cérémonies et de la pompe ! Je parlais de notre petite collection de livres : en général, ça épate les gens qui viennent ici, qu'un type comme moi, un « clown » de la télé, puisse lire de grands auteurs et avoir une passion pour les éditions anciennes. Oh, ils ne le disent pas, évidemment ! Ils ont bien trop peur de me mécontenter, ces carpettes… Mais je le vois dans leurs yeux.

– Et vous avez vu ça dans les miens aussi ?

demanda Corentin assez froidement.

Thierry Villequier eut un petit rire joyeux :

– Non, je dois avouer que non ! Vous, vous vous êtes contenté d'admirer. Et j'aime ça ! Venez prendre un verre et vous asseoir : on a à causer... Une vodka frappée ? Elle est excellente : c'est cet irremplaçable Steppe qui la fait venir de Russie. Je ne veux même pas savoir par quelle filière, mais c'est la meilleure que j'aie jamais bue et elle coûte la même chose que de l'eau minérale ici, chez l'Arabe du coin !

– Vous voulez que je vous laisse ? demanda Maude, avec dans la voix une humilité qui sonnait faux.

– Mais bien sûr que non ! protesta son mari. Tu sais bien que je ne discute jamais affaires sans toi...

Sa question devait être de pure forme, car Maude était déjà installée dans l'un des coins du canapé, sa jambe droite totalement dénudée par sa robe fendue.

– Puisqu'il semble que l'on doive parler affaires, dit Boris Corentin en fouillant dans la poche de son blouson, je vais commencer par vous remettre ceci...

Et il tendit à Thierry Villequier les deux sachets contenant la drogue que lui avait remis Jean-Charles Bourdivin.

– Les quantités que vous avez demandées y sont... précisa-t-il avec un petit sourire.

– Je m'en doute, je m'en doute ! s'empressa Villequier. J'ai toute confiance en ce bon Jean-Charles... et je sens que je vais en avoir tout autant en vous, si ce n'est davantage !

Boris Corentin inclina légèrement la tête sans

répondre. Villequier lui tourna le dos et se dirigea vers un petit secrétaire d'acajou, encastré dans l'épaisseur même de la bibliothèque. Il y glissa les deux sachets de drogues et revint avec une mince liasse de billets de deux cents euros.

– On avait parlé de trois mille, c'est bien ça ? dit-il en tendant les billets à Corentin.

Boris s'abstint de lui dire qu'« on » n'avait parlé d'absolument rien de semblable, mais il se contenta d'empocher les billets avec un petit sourire d'acquiescement. En se disant que cette vente de vingt-cinq grammes de poudre était plus que suffisante pour embarquer immédiatement les époux Villequier, chose qu'il aurait probablement faite en temps ordinaire.

Mais, là, quelque chose l'en empêchait. Sans trop démêler le pourquoi du comment, il voulait aller plus loin, pénétrer davantage dans l'intimité de ce couple, savoir ce qui gisait de secrets au plus profond d'eux-mêmes.

Et le plus étrange, c'est qu'il se rendait compte qu'il ne temporisait pas uniquement dans l'intérêt de son enquête : il avait réellement envie de continuer à jouer ce petit numéro de l'espion, à se faire passer pour qui il n'était pas. En un mot, il commençait à se piquer au jeu – et c'était certainement la première fois qu'une telle chose lui arrivait.

Mais toutes ces considérations furent instantanément balayées par la pensée qui se forma dans son cerveau, au moment où il glissa les billets de banque dans la poche intérieure de son blouson.

Il venait de se dire qu'il n'avait aucune raison de remettre cet argent aux autorités policières et qu'il pouvait parfaitement le garder pour lui. Une pensée qui, d'ordinaire l'aurait soulevé d'indignation et de colère, mais qui, là, lui avait semblé parfaitement naturelle et recevable à l'instant où elle s'était formée dans son esprit.

– Bien, maintenant que notre petite transaction est faite, si nous causions sérieusement, mon cher Lionel ? dit alors Thierry Villequier, en indiquant l'un des trois profonds fauteuils de cuir fauve à Boris Corentin.

Lui-même s'installa dans le canapé à côté de sa femme, tous les deux faisant face à leur hôte. Corentin sentait que les époux Villequier allaient lui proposer quelque chose, et il attendait sans impatience qu'ils se décident.

– Je n'ai pas l'habitude de finasser, attaqua en effet Thierry. Quand je veux quelque chose, je vais droit au but !

– Et vous voulez quoi, Monsieur Villequier ?

– Thierry, s'il vous plaît, mon cher Lionel ! Votre modestie dût-elle en souffrir, je dois vous dire que vous nous avez fait une assez forte impression, à Maude et à moi, hier soir. Et comme je cherche depuis quelque temps un homme de confiance, nous avons pensé que ce pourrait être vous…

Il y eut un moment de silence. Boris Corentin sentait une excitation sourde s'emparer de lui : cette proposition, c'était exactement l'occasion qu'il espérait ! Quoi de mieux pour devenir l'intime du couple, pénétrer tous ses secrets ? Voilà qui ne se refusait pas…

– Mais vous avez déjà Steppe, non, comme homme de confiance ? dit-il tout de même, pour ne pas donner l'impression de céder trop vite.

Thierry Villequier eut un geste vague de la main droite, tandis que Maude avait un petit sourire indulgent :

– Bien sûr, bien sûr, il y a Steppe. Qui m'est d'ailleurs indispensable, vous avez tout à fait raison de le souligner. Seulement…

– Seulement, enchaîna Maude, il est tout de même un peu « brut de décoffrage », ce bon Steppe. Il y a tout un tas de missions qu'on ne peut décemment pas lui confier. Celles qui requièrent un minimum de finesse… de diplomatie… Enfin, vous me comprenez, n'est-ce pas ?

– Ce que je voudrais, c'est que vous deveniez salarié de l'une de mes sociétés – on réglera les détails techniques plus tard –, dans un premier temps pour seconder Steppe, le temps de vous mettre bien au courant, puis pour le chapeauter. Vous auriez un réel pouvoir, des initiatives à prendre, et de comptes à ne rendre qu'à Maude ou à moi. À terme, il n'est pas interdit d'envisager que vous passiez d'un statut de salarié à celui d'associé, si jamais vous marchez à fond avec nous et que vous me prouvez que je peux vous faire une confiance absolue. Bien entendu, je pense dès maintenant vous accorder un salaire tout à fait en rapport avec l'importance de votre tâche telle que je la conçois, si vous l'acceptez bien entendu…

– Je l'accepte, répondit très simplement Boris Corentin, en regardant Villequier droit dans les yeux. Pour ce qui est de mes émoluments, je vous fais confiance, puisque vous semblez tout disposé à m'accorder la vôtre.

– À la bonne heure ! s'exclama le producteur, cependant que sa femme adressait à Boris un sourire plus que prometteur. Voilà comme j'aime traiter des affaires, moi : sabre au clair et pied au plancher !

Au même moment, un crissement de pneus sur le gravier de l'esplanade parvint à leurs oreilles.

– Tiens, ça, c'est Saint-Évrard qui arrive, fit remarquer Maude. Je reconnais sa façon de freiner comme un malade ! Tu te souviens que tu lui as demandé de passer pour voir avec lui les modalités de vente de nos droits au Canada ?

– Ah oui, tu as raison, répondit son mari. Un peu plus et je l'oubliais, celui-là !

Boris Corentin était déjà debout :

– Je vais vous laisser…

– Oh, vous pouvez très bien rester, proposa Villequier, mais suffisamment mollement pour que son interlocuteur n'ait pas l'idée d'accepter.

– Non, non, je file. De toute façon, j'ai deux ou trois choses à régler à Paris. Quand voulez-vous que nous nous revoyions, pour parler plus en détail de notre collaboration ?

Thierry Villequier réfléchit durant deux ou trois secondes avant de répondre :

– Aujourd'hui, je suis complètement charrette, ça va pas être possible… Tenez, passez donc demain en fin de matinée à nos bureaux parisiens ! Vous savez où c'est ?

– À Boulogne, sur les quais, c'est ça ?

– Tout juste ! À côté de la tour de TF1, notre chère poule aux œufs d'or ! s'exclama joyeusement Villequier en s'extrayant à son tour du canapé. Je ne vous raccompagne pas : vous connaissez le chemin je crois…

Boris Corentin quitta la bibliothèque, remonta le large couloir. Au moment de déboucher dans le grand hall, il faillit buter contre Cécile Folendieu, dite « Volange », la nièce de Maude Villequier. L'adolescente était vêtue d'un bustier flottant d'un blanc immaculé, dont ses seins menaçaient de s'échapper aussi bien par le haut que par le bas, et d'une jupe en lamé bleu dans laquelle on n'aurait pas pu tailler plus de deux mouchoirs – et encore, des petits…

– Quelle coïncidence ! s'exclama Corentin, histoire de dire quelque chose.

– C'est pas une coïncidence : je vous guettais… répondit l'adolescente, un doigt dans la bouche, comme une sale gamine un peu perverse.

– Et pourquoi donc ?

– Parce que j'ai des trucs vachement importants à vous dire, maintenant que vous allez bosser pour Valcour et la Merteuil, répondit Cécile.

« Décidément, songea Boris en entendant les deux sobriquets dont elle venait d'affubler les Villequier, on ne sort jamais des *Liaisons dangereuses*, dans cette famille ! »

– Eh bien, je vous écoute, Mademoiselle ! dit-il

avec un large sourire engageant. Mais d'abord, dites-moi un peu : comment savez-vous que je vais travailler ici ?

– J'aime bien écouter aux portes pour savoir ce qui se trame, répondit Cécile très simplement. Mais je ne veux pas parler ici, on va être tout le temps dérangé. Tenez, suivez-moi jusqu'à ma chambre, au premier : on sera tranquille…

Et sans attendre la réponse, elle commença à gravir les marches du grand escalier. Boris lui emboîta le pas – avec, pour aimant, la vue en contre-plongée que l'adolescente lui offrait sur sa croupe rebondie et dure, qu'aucune petite culotte ne dissimulait à ses regards.

Sur le palier du premier, Cécile Folendieu obliqua dans le couloir de droite, celui-là même que Corentin avait emprunté par deux fois, la veille au soir, pour suivre les deux couples jusqu'à la fameuse salle des toilettes publiques où, ensuite, Maude Villequier était venue le rejoindre dans le but évident de se donner à lui.

Au bout, le couloir s'élargissait en une sorte de demi-rotonde, sur laquelle ne s'ouvrait qu'une seule double porte. Cécile l'ouvrit et s'engouffra à l'intérieur, suivie par Boris Corentin, qui referma derrière lui.

Lorsqu'elle avait parlé de sa « chambre », Cécile Folendieu avait péché par excès de modestie : elle disposait en fait d'un véritable appartement à l'intérieur du château. Comme toutes les portes étaient ouvertes, Corentin pouvait s'en faire une idée assez précise. Outre le grand salon dans lequel il venait de pénétrer, Cécile disposait d'une chambre et d'une sorte de boudoir, à gauche, d'un bureau-bibliothèque à droite et, à l'autre bout de la chambre, d'une salle de bain qui, vue du salon, avait l'air immense.

Cécile se laissa tomber dans le profond et immense canapé bleu électrique. Elle croisa ses jambes en tailleur, sans paraître s'aviser que, ce faisant, elle offrait à Boris une vue imprenable sur le triangle touffu et bouclé de son ventre.

– Venez vous asseoir près de moi ! lui ordonna-t-elle en tapotant le canapé de la main droite.

Boris Corentin s'exécuta de bonne grâce.

– Alors ? interrogea-t-il. Qu'est-ce que vous vouliez me dire de si important ?

Cécile se pelotonna contre lui et posa carrément sa main sur sa braguette, avec un petit roucoulement ravi.

– En fait, rien, dit-elle en le massant doucement. J'avais juste envie que vous me baisiez. Vous allez le faire, hein ? J'ai l'impression que vous avez une queue superbe…

Boris lui saisit le poignet et écarta fermement sa main pour la reposer loin de lui.

– Je ne crois pas que ce soit le moment, dit-il sévèrement. Et vous me semblez un peu jeune pour vous jeter comme ça à la tête des hommes. Et quand je dis « à la tête »…

Comme si elle n'avait rien entendu de ce qui venait de lui être dit, Cécile se redressa sur les genoux et, face à Boris, fit voler son bustier par-dessus sa tête.

Corentin ne put s'empêcher de se dire qu'elle avait

vraiment une poitrine magnifique, à la fois lourde et d'une fermeté que son jeune âge suffisait à expliquer.

– Ne soyez pas idiot ! le gronda-t-elle gentiment. J'ai très envie que vous me baisiez et je sais bien que vous en avez envie aussi ! Je suis sûr que vous bandez déjà...

Et, derechef, elle se pencha en avant pour lui empoigner le sexe à travers son pantalon.

Boris Corentin, qui commençait à perdre patience, la repoussa avec moins de prévenance que la première fois et se leva du canapé.

– Ça suffit, maintenant, Mademoiselle ! Que penserait votre tante si elle vous voyait en ce moment ?

– Ma tante est une salope qui a perpétuellement le feu à la chatte et qui se fout complètement de ce que je peux faire ! répondit tranquillement Cécile. D'ailleurs, c'est elle et son vicelard de mari qui m'ont initiée au sexe, dès que j'ai commencé à être formée. Je ne devais pas avoir beaucoup plus de 13 ans, si je me souviens bien. Ç'a commencé avec la Merteuil qui m'a appris comment on bouffait le cul d'une femme, et ensuite, c'est Valcour qui m'a dépucelée, le soir de mes 14 ans : beau cadeau d'anniversaire, non ?

Elle sauta à son tour hors du canapé, faisant trembler son opulente poitrine, et se laissa tomber à genoux devant Corentin, en s'agrippant des deux mains à son pantalon, pour tenter avec une certaine maladresse de le dégrafer.

– Laissez-moi au moins vous tailler une petite

pipe ! dit-elle d'une voix presque suppliante. Si je ne suce pas deux ou trois bites par jour, j'attrape des migraines terribles !

Boris Corentin se dit qu'il se trouvait face à une pauvre fille complètement désaxée. Empoigné par un brusque accès de rage incontrôlable, qui le laissa lui-même stupéfait, il saisit Cécile par les deux épaules, la remit brutalement sur ses pieds, avant de la gifler à toute volée et de toute sa force, l'envoyant dinguer au fond du canapé.

Son propre geste le laissa comme tétanisé durant plusieurs secondes. Il avait l'impression très déstabilisante que quelqu'un d'autre avait, un court instant, pris possession de lui pour le contraindre à cet acte de violence totalement gratuit et qu'il ne s'était encore jamais permis sur une femme, a fortiori aussi jeune que Cécile Folendieu.

Celle-ci, du reste, ne semblait pas particulièrement choquée ou scandalisée par ce qui venait de lui arriver. Car même si elle frottait de la paume sa joue écarlate, elle enveloppait Boris d'un regard trouble de femelle soumise.

– Vous êtes une brute... murmura-t-elle, d'une voix qui semblait dire qu'elle n'avait vraiment rien contre. Ça vous a excité de me frapper ?

Ce fut le coup de grâce. Car, au moment précis où Cécile posait la question, Boris Corentin prenait conscience qu'en effet il avait ressenti un bref mais fulgurant plaisir à abattre sa main sur le visage de l'adolescente.

Il fit demi-tout, sortit de la chambre, courut

presque le long du couloir, dévala l'escalier et jaillit littéralement hors du château, le sang cognant à ses tempes.

En se demandant ce qui était en train de lui arriver.

Chapitre V

Lorsque le taxi l'arrêta au coin de la rue Trousseau, Boris Corentin constata avec satisfaction – et aussi un certain soulagement – que les deux fenêtres de l'appartement de Géraldine Hébert étaient éclairées.

Évidemment, cela ne signifiait pas que sa jeune collaboratrice était chez elle : il pouvait s'agir de Liselotte, sa compagne. Mais au moins, il ne serait pas contraint de faire le pied de grue dans l'escalier, ni d'aller tuer le temps au bistrot qui se trouvait au bas de son immeuble.

Il avait passé l'après-midi à errer de droite et de gauche, voulant faire plein de choses en même temps, mais ne se décidant vraiment à aucune.

La gifle violente qu'il avait assénée à Cécile Folendieu, en fin de matinée, l'avait laissé bizarrement désemparé. Et son désarroi était encore accru par la manière presque brutale dont Charlie Badolini avait exigé de lui qu'il prenne des vacances séance tenante.

Ce qui ressemblait à une volonté de le mettre à l'écart des affaires de la brigade durant un certain temps. Mais pourquoi ? Et qu'est-ce qui avait pu pousser Aimé Brichot et Géraldine Hébert à se montrer aussi caustiques envers lui ? Vraiment, quelque chose ne tournait pas rond…

C'était pour parler de tout cela avec elle qu'il avait finalement décidé, en ce début de soirée, d'aller rendre une petite visite à Géraldine Hébert. Il lui semblait qu'elle seule saurait trouver les mots et les explications qu'il ne parvenait pas à saisir tout seul.

Et puis, il lui fallait bien rendre compte à quelqu'un de son « embauche » chez les Villequier…

Aussitôt après son coup de sonnette, Boris Corentin fut soulagé de voir la porte s'ouvrir sur le visage souriant de Géraldine Hébert. Il nota tout de même pour la seconde fois que la petite fossette de sa joue droite semblait avoir mystérieusement disparu.

Géraldine était vêtue d'une sorte de déshabillé de mousseline transparente verte, qu'il ne lui avait encore jamais vu. Il en fut surpris car le vêtement était du genre sophistiqué et provoquant, ce que Géraldine faisait profession de détester.

De plus, comme elle était nue en dessous, le très léger vêtement ne laissait rien ignorer de sa poitrine ronde, aux émouvantes aréoles roses, ni du triangle flamboyant de son pubis aussi bouclé que ses cheveux.

– Tiens, Boris ! murmura-t-elle sans la moindre surprise, comme si elle s'attendait à sa venue. Eh bien, entre, qu'est-ce que tu attends ? Et pourquoi tu me regardes avec ces yeux de crapaud mort d'amour ?

– C'est que… je ne suis pas habitué à te voir dans des tenues aussi… seyantes ! répondit-il en se glissant à l'intérieur de l'appartement.

– Ça te plaît ? minauda Géraldine.

Et, se disant, elle se planta devant lui, si près que ses seins lourds effleurèrent la poitrine de son visiteur.

Un peu surpris de cette réaction provocante, Boris ne répondit rien, préférant filer vers le salon.

– Liselotte n'est pas là ? s'enquit-il, en s'installant dans le canapé adossé au mur.

Géraldine Hébert haussa les épaules avec une certaine brusquerie et lui fit une réponse très inattendue :

– Non, elle n'est pas là. Et on se passe très bien d'elle, d'ailleurs ! Tu ne trouves pas ?

Une fois de plus, Corentin resta muet, ne sachant pas du tout que répondre à sa jeune collègue.

– Je nous sers un godet ? proposa celle-ci, en se dirigeant vers la petite cuisine sans attendre la réponse.

Lorsqu'elle revint avec une bouteille de chablis et deux verres, Boris en eut le souffle coupé. Les deux spots lumineux qui se trouvaient derrière Géraldine transperçaient son déshabillé en le rendant totalement transparent, et il avait l'impression que sa jeune collègue était à présent entièrement nue devant lui.

Boris Corentin n'était pas au bout de ses surprises.

Géraldine Hébert prit en effet tout son temps pour disposer les verres sur la petite table basse placée juste devant lui, penchée en avant presque à angle droit, son déshabillé bâillant largement et lui offrant une vue imprenable et miraculeuse sur ses deux seins ronds, dont les mamelons étaient anormalement érigés et paraissaient très durs.

Lorsqu'elle eut débouché le chablis et empli leurs deux verres aux trois quarts, Géraldine tendit le sien à Boris et prit place dans le canapé à côté de lui.

Ou, plus exactement, tout contre lui : il pouvait sentir la chaleur de sa cuisse élastique se communiquer à la sienne à travers les tissus de leurs vêtements respectifs.

Géraldine se tourna à demi vers lui, sans paraître se soucier que, dans ce mouvement pivotant, elle avait fait remonter son déshabillé très haut sur ses cuisses nues, au point que Boris pouvait apercevoir la lisière du buisson roux et bouclé qui s'épanouissait au bas de son ventre.

Elle lui tendit son verre et, choquant le sien contre, elle plongea son regard émeraude dans ses yeux tout en murmurant d'une voix bizarrement rauque :

– Je bois à nous deux…

Géraldine avala une gorgée de vin, avant de passer avec application sa langue rose sur sa lèvre supérieure, comme pour y attraper une goutte rebelle.

La jeune femme reposa son verre sur la table basse, se laissa aller contre le dossier du canapé et, posant délicatement sa main sur la cuisse de son voisin, elle soupira :

– Je suis très heureuse que tu aies eu envie de me voir ce soir… J'ai l'impression que je t'attendais, sans trop le savoir… Et que je n'attendais que toi…

Depuis qu'il était entré dans l'appartement de sa collègue, Boris Corentin se sentait dans un état bizarre. Lui, l'homme à femmes impénitent, aurait pu jurer que Géraldine Hébert était tout bonnement en train de lui faire un plan séduction, de s'offrir à lui ni plus ni moins.

Or, il savait bien que c'était impossible. En raison de ses orientations sexuelles d'abord, de ce qu'elle appelait elle-même sa « féminophilie ». Ensuite parce que leurs rapports, depuis trois ans qu'ils travaillaient ensemble, avaient pratiquement toujours été dénués d'ambiguïté. Et enfin parce que, même si Géraldine avait soudain eu envie de se risquer en terrain hétérosexuel, elle ne l'aurait certainement pas vampé d'une manière aussi directe, pour ne pas dire aussi caricaturale.

Qu'est-ce qui était en train d'arriver à la jeune femme ? Quelle folie s'était emparée de son esprit ? Boris Corentin se sentait tellement peu à l'aise qu'il était tenté par l'idée de se lever et de s'en aller. Afin de laisser à Géraldine Hébert le loisir de reprendre ses esprits.

Seulement, d'un autre côté, il était loin de rester insensible au numéro de charme que la jeune femme jouait devant lui et pour lui. Géraldine avait toujours été de son goût, il ne se l'était jamais caché. La seule chose qui l'avait retenu, jusqu'à maintenant, c'était précisément le fait qu'elle ne soit pas du tout intéressée par l'idée d'un quelconque rapport charnel entre eux, c'était le moins que l'on pouvait dire.

Mais si, maintenant, elle se mettait à…

Géraldine avait fermé les yeux. Sa poitrine, bien visible sous le tissu transparent, montait et descendait un peu trop vite, comme si quelque chose oppressait sa respiration. Dans le même temps, elle ne cessait d'effleurer la cuisse gauche de Boris du bout de ses doigts.

Lequel Boris commençait à se sentir très à l'étroit dans son pantalon de toile légère…

Il eut un violent sursaut lorsque, s'enhardissant, la main de Géraldine se posa sur son sexe dur et gonflé.

– C'est moi qui te fais bander comme ça ? murmura-t-elle sans ouvrir les yeux, mais en accentuant la pression de sa paume sur la virilité de son coéquipier. C'est flatteur… Et ça me fait tout bizarre, là, au creux du ventre. Tiens, sens…

Tout en parlant, Géraldine avait pris la main de Boris Corentin. Mais au lieu de la poser simplement sur son ventre, par-dessus le fin tissu de son déshabillé, elle roula carrément celui-ci sur ses hanches afin de poser la main masculine directement sur sa peau, à quelques millimètres des premiers poils roux et follets de son pubis.

Cette fois, c'en fut trop pour Corentin. Il se rua littéralement sur sa jeune collègue, écrasant ses lèvres sur les siennes, tandis que sa main se faufilait le long de son corps afin de venir emprisonner et pétrir ses seins alternativement.

Contrairement à ce qu'il craignait encore un peu, Géraldine ne le repoussa nullement. Au contraire, elle lui rendit son baiser avec une fougue et une fièvre qu'il n'aurait jamais soupçonnées chez elle, tandis que ses deux bras l'enserraient afin de l'attirer encore plus sur elle.

Lorsque Boris se détacha légèrement d'elle, Géradine avait le visage écarlate et elle haletait littéralement. Ses yeux lançaient des éclairs de lubricité sauvage.

– Boris ! soupira-t-elle d'une voix mourante. C'est tellement bon ! Et il y a si longtemps que j'en avais envie ! Je t'en prie, continue ! Je… je veux que tu me baises… Comme tu le fais avec toutes les autres ! Je veux sentir ta queue dans mon ventre ! Fais-moi jouir, s'il te plaît…

Même s'il était encore totalement décontenancé par la stupéfiante volte-face de Géraldine Hébert, Boris Corentin sentait que, rapidement, sa propre excitation érotique prenait le pas sur toute autre considération.

Il serait toujours temps de réfléchir plus tard. Pour l'instant, il y avait cette superbe jeune femme rousse qui s'offrait à lui, qui haletait littéralement de désir.

Il arracha littéralement le fragile rempart du déshabillé, cependant que Géraldine s'attaquait fébrilement de son côté à sa ceinture de pantalon.

Lorsqu'il sentit les doigts de Géraldine s'enrouler autour de sa virilité tendue à l'extrême, Boris crut qu'il n'allait pas pouvoir se retenir de jouir immédiatement. Tellement affolante était l'idée que la main qui, à présent, le masturbait avec une sorte d'emportement, était celle de Géraldine Hébert – celle de son « Petit bonhomme »…

Pour parer à toute catastrophe de ce type, il s'arracha à son étreinte, non sans provoquer chez Géraldine un petit cri de frustration. Il se sentait tout prêt à pénétrer sa jeune collègue sans autre forme de procès ni de préambule. Et elle-même y semblait plus que disposée.

Mais les yeux de Boris tombèrent sur le buisson flamboyant qui s'étalait entre ses cuisses écartées, sur les replis nacrés qu'il dissimulait partiellement. Et ses narines se mirent à palpiter de l'affolant parfum qui s'en dégageait et montait à lui en puissantes volutes de désir.

Avec un grognement d'impatience, il se laissa tomber à genoux au bas du canapé et, saisissant les cuisses douces et potelées de Géraldine à pleins bras, il plongea sa bouche au centre de ce fouillis de feu, odorant, chaud et humide comme une forêt équatoriale miniature.

Géraldine poussa un long soupir rauque lorsque la langue de Boris atteignit le bourgeon dur de son clitoris. Tout son corps s'arqua pour mieux s'offrir à cette affolante caresse qui la tétanisait littéralement.

Et elle ne se déroba pas davantage, bien au contraire, lorsque Boris introduisit un doigt, puis deux, dans l'orifice le plus secret et le plus étroit de son corps.

Ces petits jeux ne durèrent pas longtemps, car Corentin se sentait toujours aussi... « bouillonnant ». Se redressant brusquement, il saisit Géraldine sous les genoux afin de lui soulever les fesses du canapé, de façon à amener son sexe trempé à hauteur du sien, qui battait l'air comme un métronome saisit de démence.

Il s'enfonça en elle d'une seule poussée, puissante et régulière, lui arrachant un long râle de bonheur. Elle était chaude comme une bacchante et étroite comme une pucelle, ce que Boris Corentin attribua à son manque d'habitude de la pénétration virile.

Manque d'habitude peut-être, mais certainement pas manque de goût : dès que la verge de Boris fut fichée en elle, puis commença d'aller et venir entre ses chairs que le désir mettait à vif, Géraldine se mit à haleter de plus en plus fort, tandis qu'elle refermait ses jambes dans les reins de son partenaire, comme pour l'inciter à la prendre de plus en plus fort et de plus en plus profondément – ce qu'il fit.

Leur excitation était telle qu'ils jouirent tous deux très vite. Au moment où Boris se répandit en elle, à longs jets brûlants et spasmodiques, Géraldine hurla littéralement, tandis que tout son corps se tendait et s'arquait, avec une telle force qu'elle parvint à soulever Corentin, toujours fiché en elle.

Lorsqu'ils se laissèrent retomber en travers du canapé, ils étaient tous deux haletants et couverts de sueur, comme s'ils venaient de courir un mille mètres.

À mesure que le calme se refaisait en lui, que le plaisir refluait, l'inquiétude de Boris Corentin se rallumait : comment Géraldine Hébert allait-elle réagir à son propre « coup de folie » ? N'allait-elle pas le repousser violemment ? Ce moment d'égarement ne risquait-il pas de ternir durablement leurs rapports, y compris professionnels ?

Car, dans l'esprit de Corentin, il ne pouvait guère

s'agir d'autre chose que de cela : un moment d'égarement, un coup de folie inexplicable…

Il fut donc fort surpris lorsqu'il sentit Géraldine venir se pelotonner entre ses bras, sa bouche parcourir sa poitrine de petits baisers tendres, cependant que ses doigts jouaient négligemment avec son sexe qui avait perdu beaucoup de son « inflexibilité ».

Et, lorsqu'il s'enhardit à lui caresser d'abord les cheveux, puis le cou et les épaules et enfin la poitrine, Géraldine se mit à ronronner et à frissonner longuement, comme une femme comblée et heureuse.

– C'est dingue, mais j'ai encore envie de toi… murmura soudain Géraldine, en se redressant sur un coude et en enveloppant Boris d'un regard crépitant de passion. Et pourtant, j'ai joui comme jamais encore…

Décidé à en avoir le cœur net, Boris Corentin posa la question qui fâche :

– Et Liselotte ? murmura-t-il tout contre son oreille. Elle ne risque pas de rentrer, Liselotte ?

Le sourire de Géraldine Hébert s'effaça instantanément et elle lâcha le sexe de Boris avec lequel elle jouait négligemment depuis un petit moment.

– Non, elle ne risque pas ! répondit-elle d'une voix nette, presque sèche.

– Elle est en voyage ?

– Non, elle est partie.

– Comment ça, partie ? s'étonna Boris. Qu'est-ce que tu veux dire, Petit Bonhomme ?

– Arrête de m'appeler comme ça, je t'ai déjà dit que ça m'agaçait ! siffla Géraldine. (Puis, se radoucissant :) Je veux dire ce que je dis : hier soir, Liselotte et moi avons eu une conversation longue et pénible, mais dans laquelle je lui ai tout déballé. Et, ce matin, elle a fait ses valises et elle est partie. On s'est séparé, si tu préfères !

Boris Corentin en resta muet durant de longues secondes. Il ne parvenait pas à y croire. Il y a encore quelques jours, il avait dîné avec les deux jeunes femmes, et elles paraissaient plus amoureuses que jamais l'une de l'autre ! Qu'est-ce qui avait bien pu se passer entre elle ?

– Il ne s'est rien passé de spécial, soupira Géraldine, lorsqu'il lui posa franchement la question. Il se trouve que je commençais à en avoir vraiment marre de jouer les gouines, c'est tout...

Boris Corentin eut un bref sursaut de tout le corps :

– Comment ça : marre de *jouer* les gouines ? demanda-t-il, suffoqué. Ne me dis pas que tu faisais semblant, tout de même ! et depuis quand tu emploies cet horrible mot de « gouine » ? Ça ne te ressemble vraiment pas !

Géraldine Hébert eut un petit haussement d'épaules insouciant, avant de se pelotonner de nouveau contre la poitrine de Boris, glissant l'une de ses jambes entre les siennes :

– Évidemment que je n'ai pas fait *complètement* semblant ! J'ai toujours ressenti une certaine attirance pour les filles, depuis mon adolescence. Mais pas plus que ça, et en tout cas moins que pour les hommes !

Boris Corentin se sentait perdre pied. Il avait l'impression de se débattre dans un rêve incompréhensible. En même temps, il devait bien reconnaître que ce que lui révélait Géraldine sur ses goûts sexuels réels lui faisait plutôt plaisir…

Il essaya tout de même de protester :

– Mais enfin, Peti… Géraldine, pourquoi nous avoir fait croire, dès ton arrivée à la Brigade, que tu étais exclusivement lesbienne ? C'est idiot !

– Non, c'est pas idiot, c'était pour avoir la paix ! rétorqua la jeune femme avec un petit rire. Dans mes précédents stages, je n'avais pas arrêté de me faire draguer par de gros lourds, et Dieu sait si ça ne manque pas chez nous…

– Ça…

– Du coup, en arrivant aux Affaires recommandées, j'ai eu cette idée de me faire passer pour une gouine « pur jus », afin que tout le monde me foute la paix.

Il y eut un assez long moment de silence. Géraldine Hébert avait repris le sexe de Boris Corentin entre ses doigts et s'amusait de le voir reprendre tranquillement vie et consistance sous ses caresses légères.

– Oui, bon, admettons… finit par dire Corentin, les yeux fixés sur le plafond. Seulement, il y a eu Liselotte. Tu ne vas pas me dire que, depuis le temps que vous êtes ensemble, tu as fait semblant ! Il s'est bien passé quelque chose entre vous tout de même ! Ce serait immonde, sinon…

– Liselotte m'a plu dès que je l'ai vue pour la première fois[1], répondit Géraldine sans le moindre embarras. M'a plu beaucoup, même. Je n'ai donc pas eu à me forcer pour coucher avec elle. Et comme, tu te le rappelles, elle était sans logement à ce moment-là, je lui ai tout naturellement proposé un hébergement *temporaire* : j'insiste bien sur le mot, hein ! Le problème est qu'*elle* est tombée amoureuse de moi ! Du coup, elle est restée ici…

– Et toi, depuis des mois et des mois, tu fais semblant d'être également amoureuse d'elle ? fit Corentin, soufflé. Ça ne te ressemble pas du tout !

Tellement sidéré par ce qu'il apprenait, par la Géraldine inédite qu'il découvrait, Boris n'avait même pas pris conscience que, grâce aux petits jeux de sa compagne, il était de nouveau en pleine érection.

Il ne s'en aperçut que lorsqu'il sentit la tête de la jeune femme glisser sur sa poitrine, puis son ventre. Et surtout quand ses lèvres douces et chaudes enveloppèrent l'extrémité gonflée de son membre, avec une délicatesse et une sensualité qui lui coupèrent presque le souffle.

– Géraldine, non !…. protesta-t-il faiblement. J'ai encore quelques trucs à te…

– Tais-toi, mon amour ! murmura-t-elle, en interrompant brièvement son début de fellation. Tes questions attendront : il y a trop longtemps que j'ai envie de te sucer…

Boris Corentin en resta sans voix. Géraldine venait-elle bien, comme il avait cru l'entendre, de l'appeler « mon amour » ? Et avait-elle réellement dit qu'elle avait envie de le sucer *depuis trop longtemps* ?

1. Voir le Brigade mondaine N° 275 : *Traquenard pour femmes seules.*

Qu'est-ce que ça voulait dire ? Qu'est-ce qui était en train de se passer ?

Boris Corentin remit les questions et leurs réponses à plus tard : la science de Géraldine fellatrice était littéralement diabolique, il avait l'impression affolante d'être aspiré par un fourreau chaud, souple et vivant, dont il ne pourrait plus jamais s'extraire tellement c'était bon.

Son second orgasme fut encore plus intense que le premier. Il se répandit en râlant, à longs jets saccadés que Géraldine avala goulûment jusqu'à la dernière goutte.

Puis, après avoir amoureusement léché le sexe de son amant sur toute sa surface, elle revint se blottir entre ses bras avec un long soupir de bien-être, comme le ferait n'importe quelle femme amoureuse.

« Amoureuse » : le mot tinta à l'esprit de Corentin. Qui se redressa sur un coude afin de plonger ses yeux dans les deux magnifiques émeraudes de Géraldine.

– Il y a une chose que je ne comprends pas, murmura-t-il, le front barré d'un pli soucieux. Puisque, apparemment, tu vivais en très bonne entente avec Liselotte, pourquoi avoir brutalement mis fin à votre… à votre liaison ?

– Parce que j'en ai eu assez de vivre dans le mensonge. Et aussi parce que… (Géraldine venait de rougir). Parce que j'ai pris conscience que… Que j'étais réellement et profondément amoureuse de toi, voilà !

Boris Corentin en resta pétrifié. Mais le coup qu'il venait de se prendre n'était encore rien par rapport à celui qui le suivit immédiatement.

– Boris, murmura Géraldine avec une sorte de ferveur, j'ai envie de devenir ta femme !

CHAPITRE VI

Il n'était que sept heures et demie passées de quelques secondes lorsque Boris Corentin émergea du métro à la station Kremlin-Bicêtre, où vivait depuis des années maintenant son vieil ami Aimé Brichot. Comme ce dernier lui avait bien demandé de ne pas se présenter au domicile familial avant huit heures, il traversa le carrefour légèrement en biais et s'engouffra dans le premier café qui se présenta à lui.

Celui-ci s'appelait *La Comète*.

Peut-être en raison des gigantesques travaux qui venaient de commencer sur la RN 7 traversant la ville de part en part – et dont Aimé Brichot lui avait déjà abondamment parlé pour s'en plaindre –, Boris pénétra dans un café quasiment désert.

À gauche de l'entrée, face au comptoir, une petite table ronde était occupée par deux femmes d'un certain âge, formant entre elles un assez plaisant contraste : l'une frêle et l'œil vif, les mains sans cesse en mouvement, le sourire prompt ; l'autre opulente et molle, surplombant la table de sa masse mammaire, le regard à la fois ennuyé et peiné de qui se sait dans le droit, le juste, le bien, mais se rend compte qu'il ne parviendra pas à tirer son interlocuteur de l'ornière de ses inadmissibles erreurs.

– Écoutez, Séraphine, vous êtes gentille, certainement, je veux même bien croire à votre sincérité, était en train de dire la première, mais vous ne pouvez tout de même pas contraindre votre voisin bengali à défiler dimanche prochain *en tutu* de Belleville à République, sous prétexte qu'en tant qu'immigré il se doit de prouver sa solidarité avec les gays victimes d'homophobie ! Ce serait très humiliant pour cet homme, tout de même !

– Marie-Suzette, je ne vois absolument pas ce que Dinesh pourrait trouver d'humiliant dans le fait de se mettre dans la peau d'un petit rat de l'Opéra ! répliqua son interlocutrice, sur ce ton un peu trop patient que l'on prend avec les gosses irrécupérables. D'autant que sa plus jeune fille veut se mettre à la danse. Décidément, vous n'arriverez jamais à vous défaire de cette conception rancie, limite pétainiste, que vous avez de la sexualité ! Vraiment je vous plains…

Boris Corentin se désintéressa de leur duel, qui semblait pourtant riche d'implications de toutes sortes, pour s'installer au bout du zinc, dos calé contre le mur.

Le patron était en grande discussion avec son seul client, un habitué visiblement, quadragénaire replet et frisé, le cou sanglé dans une cravate que Boris renonça à décrire, y compris pour sa seule édification personnelle – et qu'il évita même de regarder tout à fait en face.

– Oui, enfin, bon, c'est quand même mon pote…

était en train de dire le client entre deux gorgées de bières.

– Écoute, Colas, je dis pas que t'as pas le droit d'être copain avec des gros cons fachos qui tiennent pas la chopine, non je dis pas ça, répondit le patron avec une véhémence assez belle à voir. Ce que je dis, c'est que tu pourrais les voir ailleurs que dans mon troquet. Parce que, je vais te dire, le verre de pastis qu'il m'a balancé sans prévenir en travers de la tronche, eh bien je l'ai encore !

– Tu l'as encore quoi ?

– Ben, en travers ! En plus, ça pue, le pastis. À boire ça va, mais à renverser ça pue ! Je ne sais même pas ce qui m'a retenu de ne pas l'allonger par terre à coups de mandales, tiens !

– Moi, je le sais, répliqua calmement le type à la cravate hallucinogène : c'est qu'il était tellement bourré qu'il s'est vautré tout seul dans la sciure avant que tu aies eu le temps de lui balancer un pain…

Boris Corentin fit un petit signe en direction du patron, pour signaler son arrivée et son désir d'étancher sa soif. Ce fut peine perdue, aucun des deux hommes ne lui accorda le moindre regard. Il se résolut à quitter *La Comète* sans avoir rien bu.

– N'empêche que, ton pote facho, la prochaine fois qu'il se casse la gueule tout seul au moment où j'ai décidé de le fritter, eh ben il va m'entendre ! était en train de déclarer solennellement le taulier au moment où Boris quittait l'établissement.

Une fois sur le trottoir, il se rendit compte que non seulement il n'était que huit heures moins vingt, mais qu'en plus il recommençait de pleuvoir. Du coup, il pénétra une seconde fois dans le bistrot, en lâchant un sonore « bonsoir ! » qui attira suffisamment l'attention pour qu'il puisse se faire servir un demi de 1664. Et il reprit la même place que précédemment, au bout du comptoir.

Après avoir bu une première gorgée, Boris Corentin reposa son verre et s'absorba dans ses réflexions. Il comprenait de moins en moins ce qui se passait. Surtout, il se sentait complètement déstabilisé par l'incroyable réaction qu'avait eue Géraldine Hébert, en se jetant à sa tête une heure plus tôt. Et en lui avouant qu'elle était amoureuse de lui, au point de lui demander de l'épouser !

Boris Corentin avait l'impression d'avoir fait preuve d'une certaine sagesse en ne répondant à sa collègue ni positivement ni négativement.

– Tout cela est trop soudain, lui avait-il calmement expliqué, tandis que Géraldine s'accrochait à lui tel un naufragé à sa bouée. Il faut qu'on prenne le temps de réfléchir calmement, toi et moi. Et surtout, qu'on réfléchisse séparément. Tu comprends ce que je veux dire ?

Géraldine avait acquiescé en silence, d'un air un peu triste, et elle n'avait consenti à ce qu'il s'en aille qu'après lui avoir promis qu'il lui donnerait une réponse dans les trois jours suivants, au plus tard.

– Si c'est non, je ne sais pas ce que je ferai… lui avait annoncé Géraldine d'une voix lugubre, au moment de refermer sur lui la porte de son appartement.

Peu réjoui à l'idée de se retrouver seul chez lui, Boris Corentin avait alors eu l'idée de pousser jusqu'au Kremlin-Bicêtre, pour une petite conversation avec Aimé Brichot. Ce qui avait toujours eu sur lui un effet revigorant.

Au téléphone, Brichot s'était montré tout d'abord peu enthousiaste à l'idée de recevoir Corentin, ce qui avait un peu surpris celui-ci : il avait toujours été accueilli chez les Brichot comme un membre de la famille à part entière. Et puis, il était tout de même le parrain de Rose et Colette, les jumelles du couple...

Brichot avait fini par lui dire de passer après huit heures, mais il l'avait fait du bout des lèvres, sans même chercher à dissimuler sa réticence. En temps ordinaire, cela aurait sans doute suffi à Corentin pour y renoncer. Mais, là, il avait vraiment besoin de parler à ce cher vieux Mémé, afin de se remettre un peu les idées en place...

Boris Corentin but son demi si lentement qu'il était huit heures moins trois lorsqu'il lampa la dernière gorgée. Il était temps de se rendre chez les Brichot, qui vivaient à moins de cinq minutes à pied du métro.

Ce fut Jeannette qui lui ouvrit la porte. Contrairement à son habitude, elle ne lui offrit pas son éclatant sourire et ne s'exclama pas non plus « ah ! Boris ! » comme elle le faisait quasi rituellement.

– Ah, tu es venu, finalement...

Voilà tout ce que Corentin put tirer d'elle, et encore ce bout de phrase sans enthousiasme fut dit d'un ton très morne et sans même le regarder en face.

– Mémé est dans le salon, ajouta Jeannette Brichot, en refermant la porte derrière lui.

Puis, sans un mot de plus, elle lui tourna le dos et le planta là pour aller s'enfermer dans sa cuisine, laissant dans l'entrée un Boris Corentin totalement pris de court par cet accueil pour le moins réfrigérant.

Il remonta néanmoins le petit couloir qui conduisait au salon. Au moment où il passait devant la porte de la chambre des jumelles, celle-ci s'ouvrit, et Rose et Colette jaillirent de la pièce, venant se cogner contre Corentin. Lequel, tout content de voir ses filleules, les prit dans ses bras pour les embrasser et les serrer contre lui, comme il le faisait à chaque fois qu'il avait l'occasion de les voir.

– Eh ! oh ! bas les pattes ! s'écria Colette en prenant une moue dégoûtée, tandis que Rose se dégageait brusquement de son étreinte et faisait un saut en arrière, en l'enveloppant d'un regard lourd de suspicion.

– Eh bien, les filles, qu'est-ce qui vous prend ce soir ? fit Boris, avec une jovialité qui sonna faux à ses propres oreilles. On n'embrasse plus son vieux parrain ?

Pensant qu'il les avait effrayées simplement parce qu'elles ne s'attendaient pas à le trouver là, il voulut faire un pas dans leur direction. Mais les jumelles firent un bond en arrière, au-delà du seuil de leur chambre.

– On t'embrassera de nouveau quand tu seras *vraiment* vieux, déclara Colette. En attendant, on n'a pas trop envie de sentir tes sales pattes sur nous ! On sait de quoi tu es capable…

Et, là-dessus, tirant Rose à elle, Colette referma violemment la porte de la chambre, au nez de Corentin, qui resta un moment face au montant, cloué sur place par la stupeur.

« Je sais bien qu'elles sont entrées dans l'adolescence et que c'est un âge difficile, songea-t-il en passant une main rapide devant ses yeux égarés, mais enfin tout de même : c'est tout juste si elles ne m'ont pas traité de violeur pédophile ! Des gamines que j'ai vu naître… »

Dans le salon, il trouva Aimé Brichot dans son fauteuil habituel, devant la télé. Il semblait passionné par le débat qui se déroulait à l'écran, sauf qu'il en avait coupé le son.

– Tu t'entraînes à lire sur les lèvres, maintenant ? lança Corentin avec un peu trop d'entrain.

– Même pas besoin, répondit gravement Aimé Brichot, sans tourner la tête : leurs yeux me suffisent ! Ils mentent, tous ! Tout le monde passe son temps à mentir…

Boris Corentin préféra ne pas épiloguer sur le sujet, ayant d'autres chats à fouetter, et des plus coriaces.

– Qu'est-ce qu'elles ont, les jumelles ? demanda-t-il en prenant place dans le canapé.

– On a commencé à les briefer, au collège, à propos des instincts des mâles qu'elles sont amenées à croiser… répondit Aimé Brichot, toujours sans regarder son coéquipier. C'est normal, à l'adolescence…

Boris Corentin dévisagea son profil d'un air de totale incompréhension.

– Oui, bon… je veux bien, en effet, bafouilla-t-il. Mais enfin, là, c'était moi qui voulais juste leur dire bonsoir…

Enfin, Aimé Brichot daigna se tourner vers lui et le regarder en face. Sa mine était sévère, son regard froid.

– Et alors ? laissa-t-il tomber sur un ton tranchant. Toi ou un autre, qu'est-ce que ça change ? Tous les hommes sont des bêtes en puissance, des violeurs ! Et ce n'est pas parce que tu es leur parrain que tu ne représentes pas un danger pour elles. Surtout toi, d'ailleurs : on connaît tes appétits de chair fraîche, hein, depuis le temps…

– Mais enfin, Mémé, tu te rends compte de ce que tu dis ? s'insurgea Corentin, tellement outré qu'il ne trouvait aucun argument pour sa défense. On se connaît depuis vingt ans, toi et moi, et tu sais bien que jamais…

– On *croit* se connaître depuis vingt ans ! le coupa sèchement Brichot. Et puis, un jour, on découvre quelqu'un d'entièrement nouveau… Celui qui se cachait sous le masque…

Les épaules de Boris Corentin s'affaissèrent sur elles-mêmes. Il passa une main fatiguée sur son visage blême, comme si ce geste pouvait suffire à remettre de l'ordre dans les pensées incompréhensibles qui s'entrechoquaient sous son crâne au bord de l'ébullition.

Il faillit se lever pour quitter cet appartement où,

d'un coup, tout le monde semblait le traiter en ennemi, lorsqu'Aimé Brichot reprit la parole :

– Et si tu me disais ce qui t'a poussé à venir nous déranger à une heure pareille ?

Le verbe « déranger » employé par son vieux complice fut un nouveau coup pour Corentin. Mais il résolut de ne pas s'y arrêter. Sinon, il ne s'en sortirait pas. Remettre ces étrangetés à plus tard… Se concentrer sur l'essentiel…

C'est au nom de la même « sagesse » qu'il décida de ne pas parler de ce qui venait de se passer entre Géraldine Hébert et lui, contrairement à ce qu'il avait décidé en venant. Il allait s'en tenir à la partie purement professionnelle de sa visite. Se concentrer sur l'essentiel…

En quelques phrases, Boris Corentin exposa à Aimé Brichot, la façon dont il avait fait un pas décisif en avant, dans l'affaire Villequier. C'est-à-dire comment il avait accepté, le matin même, de devenir leur intendant. Lui, ou plus exactement Lionel Bauchard, son « double ».

À mesure qu'il parlait, il voyait le visage de Brichot se fermer, ses traits de durcir et se figer. Jusqu'à devenir la statue vivante de la réprobation.

– Je vais avoir besoin de ton aide, Mémé, conclut-il. Car il serait dangereux que je me pointe au quai des Orfèvres pendant quelque temps : ça risquerait de déchirer ma couverture, tu comprends ? Il faudrait que tu me serves de relais…

– Je ne sais pas si c'est une très bonne idée, répondit Aimé Brichot après quelques secondes de réflexion. Je suis même à peu près persuadé du contraire…

– Mais enfin, pourquoi, bon sang ! explosa Boris Corentin en bondissant hors du canapé. Depuis quand est-ce qu'on ne peut plus compter l'un sur l'autre ?

– Depuis que tu t'es mis à faire n'importe quoi ! répondit Brichot avec un calme inquiétant. Je ne sais pas ce qui s'est passé entre les Villequier et toi, mais tu es en train de déconner sévèrement, Boris, permets-moi de te le dire, au nom de notre ancienne amitié…

Cette « ancienne » amitié fut un nouveau coup de poignard donné à Corentin. Mais, là encore, il choisit de ne pas relever. En tout cas pour le moment. On verrait plus tard… Se concentrer sur l'essentiel…

– Mémé, si tu me laisses seul sur ce coup, je ne peux à peu près rien faire ! insista-t-il, avec une sorte de rage désespérée dans la voix. Or, je suis sûr qu'il y a largement de quoi coincer les Villequier : il suffit que je trouve quoi…

Aimé Brichot poussa un profond soupir, oscillant entre la résignation et l'exaspération.

– Je suis, moi, persuadé du contraire, laissa-t-il tomber, d'un ton las. Et je ne suis pas le seul, en plus… Mais enfin, d'accord, je veux bien qu'on reste en relation, puisque je vois que je n'arriverai pas à te sortir cette idée stupide de la tête. Mais à condition que nous n'ayons plus, à partir de maintenant, aucun contact officiel…

Boris Corentin le dévisagea avec stupeur :

– Plus de contact officiel ? Mais pourquoi ça ?

Enfin, voyons, c'est complètement absurde !

Aimé Brichot mordillait la pointe de sa moustache, semblant hésiter, peser le pour et le contre. Finalement, regardant Corentin droit dans les yeux, il se lança :

– En principe, je ne devrais pas t'en parler, Boris…

– Mais me parler de quoi ?

Nouvelle hésitation d'Aimé Brichot, puis :

– Baba est persuadé que, d'une manière ou d'une autre, les Villequier t'ont « retourné ». Que tu es désormais de leur côté. Que tu as traversé le miroir, si tu veux…

– Mais c'est n'importe quoi ! rugit Corentin, en roulant des yeux égarés. Jamais je ne…

– Peu importe que ce soit absurde ou non ! le coupa Brichot, en le prenant par les épaules pour l'entraîner fermement vers la porte de l'appartement. Ce qui compte c'est ceci : Baba a transmis ton dossier aux types de l'IGS. Ils sont censés te « cueillir » demain matin quand tu sortiras de chez toi !

Ce fut le coup de grâce pour Corentin. Hébété, incapable de comprendre quoi que ce soit à ce qui était en train de lui arriver, il se laissa raccompagner jusque sur le palier par Aimé Brichot, qui, à présent, semblait vraiment pressé de se débarrasser de son encombrant partenaire.

Arrivé à la porte de l'appartement, tout de même, un sursaut de rébellion le fit se retourner vers Brichot :

– Mémé, j'ai vraiment besoin de savoir ce que tu en penses, *toi*. C'est essentiel pour moi. Est-ce que vraiment tu penses que je suis devenu un ripou ?

Tout en ouvrant la porte fermée au verrou, Aimé Brichot eut un petit haussement d'épaules :

– Quelle importance, ce que je crois ou pas ? Ce qui compte, c'est ce que pense Baba, et plus encore ce que penseront les gars de l'IGS qui vont te cuisiner ! Mais enfin, entre nous, je ne crois pas que tu sois devenu un ripou, non…

– Ah, tu me soulages ! s'exclama Corentin, dont le visage blême reprit un peu de couleurs.

– Je pense juste que tu te fais manœuvrer comme un imbécile ! poursuivit Brichot, avec un calme effrayant. Et que ça va te retomber sur la gueule pas plus tard que bientôt…

Cette fois, Boris Corentin n'eut plus la force d'argumenter. Il se contenta de demander :

– Comment je fais pour te contacter ?

Aimé Brichot eut un étrange petit sourire :

– Ne t'inquiète pas de ça, Boris : on se reverra plus vite que tu ne le crois !

Et, sans lui laisser ajouter un mot, il referma brutalement la porte au nez de son coéquipier.

Chapitre VII

Plutôt que devant chez lui, Boris Corentin se fit déposer par le taxi, qui l'avait amené de la Porte d'Italie, à l'entrée de la rue de Tubigo, où il vivait depuis des années.

Il entreprit de remonter la rue par le trottoir opposé à celui où se trouvait son immeuble, tous les sens aux aguets. Il était peut-être de plus en plus perturbé par ce qui lui tombait dessus depuis près de deux jours, mais il n'avait pas perdu ses réflexes de policier d'élite pour autant…

À une vingtaine de mètres avant l'entrée de son immeuble, il repéra une voiture – une Peugeot 307 grise – dans laquelle se trouvaient deux hommes immobiles. Il devina instantanément de qui il s'agissait.

Deux flics.

Deux jeunes inspecteurs qu'on avait envoyés en planque devant chez lui et qui, probablement, devaient avoir pour mission de signaler « à qui de droit » qu'il était bien rentré chez lui, et de s'assurer qu'il n'en ressortirait pas avant le lendemain matin. Jusqu'au moment où les types de l'IGS viendraient lui mettre gentiment la main dessus.

Un plaisir que Boris Corentin n'était pas décidé à leur donner aussi facilement.

Il avait pris sa décision, tandis qu'il marchait le long de l'horrible avenue reliant le centre du Kremlin-Bicêtre à la Porte d'Italie. Puisque tout le monde semblait considérer qu'il était brusquement devenu une brebis galeuse, eh bien, oui, il allait se comporter comme tel !

Il allait régler ses affaires tout seul, sans ses habituels soutiens – Badolini, Brichot, etc. – et même *contre eux*, s'il le fallait. Il leur montrerait qui il était !

En attendant, le plus urgent était de se débarrasser de cette surveillance policière. Corentin savait très bien que s'il leur faussait compagnie, ce serait considéré par les types de l'IGS sinon comme une preuve du moins comme un très lourd soupçon de sa culpabilité.

Mais de quoi était-il coupable ? Pourquoi se mettaient-ils, tous, à le traiter comme un pestiféré ? Il n'en savait rien, mais il avait décidé de repousser cette question à l'arrière-plan. Pour l'instant en tout cas.

Sa priorité était simple et claire : il devait se mettre à l'abri de ceux qui lui cherchaient des crosses. Même si ceux-là étaient des policiers comme lui.

Il allait leur échapper et se fondre dans la nuit…

Boris Corentin traversa la rue de Turbigo pratiquement sous le mufle de la 307 de service, sans chercher à se cacher. Il dut même se retenir pour ne pas adresser un petit signe de connivence aux deux policiers qui poireautaient à l'intérieur et devaient trouver le temps long…

Il s'engouffra dans l'immeuble, grimpa quatre à quatre ses deux étages et pénétra dans son studio, dont il ne fermait jamais la porte à clé. Il commença par allumer toutes les lumières, de manière à ce que les deux policiers, en bas, puissent vérifier qu'il était bel et bien chez lui.

Il saisit son sac de voyage et, sans perdre de temps, y fourra quelques affaires de « première nécessité » : vêtements de rechange, rasoir, etc. Ensuite, malgré les fourmis qu'il se sentait dans les jambes, il se força à demeurer une vingtaine de minutes dans l'appartement éclairé.

Soit le temps raisonnable que met un homme à se préparer pour une bonne nuit de sommeil…

Enfin, estimant ce temps suffisant, il éteignit toutes les lumières, en terminant par la lampe de chevet, comme il l'aurait fait s'il s'était réellement mis au lit. Puis, après un dernier coup d'œil circulaire à la pièce, il ressortit.

Au bas de l'escalier, au lieu de se diriger vers la porte donnant sur la rue de Turbigo, il obliqua vers la gauche et remonta le petit couloir conduisant au local à poubelles d'une part et à la cour intérieure d'autre part.

Celle-ci était séparée d'une autre cour intérieure par un mur d'environ deux mètres cinquante, que Corentin n'eut aucun mal à franchir, après avoir jeté son sac de voyage de l'autre côté, déclenchant au passage un bref hurlement de chat.

La deuxième cour, Boris savait qu'elle correspondait à un immeuble dont l'entrée se situait dans l'impasse des Peintres, laquelle donnait elle-même dans la rue Saint-Denis, ce qui allait lui permettre de prendre la tangente sans alerter les deux inspecteurs chargés de le surveiller.

Sa seule véritable incertitude concernait la porte séparant la deuxième cour de l'immeuble dont elle dépendait : si jamais elle était fermée à clé, il allait se trouver dans une situation pour le moins délicate…

Fort heureusement elle ne l'était pas, et Boris Corentin se retrouva rapidement au coin de la rue Saint-Denis. Après un coup d'œil de précaution du côté de la rue de Turbigo toute proche, il fila en direction du métro situé à l'angle de la rue Étienne-Marcel.

Dans l'immédiat, son idée était de filer chez Géraldine Hébert afin de lui demander de l'héberger au moins pour cette nuit. Ensuite, il aviserait. De toute façon, dans son esprit, il ne pouvait s'agir de prolonger sa planque chez sa jeune collègue : rester chez elle serait la compromettre vis-à-vis de ces sales fouineurs de l'IGS.

Mais enfin, il ne doutait pas que Géraldine, après ce qui s'était passé entre eux quelques heures plus tôt, accepterait sans difficultés de lui ouvrir son appartement – et son lit… – jusqu'à demain matin…

Il fallut une vingtaine de minutes à Boris Corentin pour arriver au pied de l'immeuble où vivait Géraldine Hébert, à l'angle des rues de Charonne et Trousseau. Ce n'est qu'une fois là qu'il prit conscience avec stupéfaction de ce qui lui avait paru bizarre depuis sa sortie du métro Ledru-Rollin, sans d'abord être capable de mettre le doigt dessus.

Bien qu'il soit à peine plus de dix heures du soir, les rues qu'il avait empruntées étaient *absolument vides* ! Pas une voiture, pas un piéton : rien ni personne !

En revanche, il réalisa qu'il venait de croiser un nombre anormalement élevé de chats errants… Comme s'ils avaient pris soudain possession de la ville…

Boris Corentin décida que tout cela n'avait aucune espèce d'importance. Se concentrer sur l'essentiel…

Levant les yeux, il constata avec soulagement que, au troisième étage, les deux fenêtres correspondant à l'appartement de Géraldine Hébert étaient éclairées.

Délaissant l'ascenseur comme à son habitude, il grimpa les marches quatre à quatre et frappa trois coups assez énergiques au chambranle. Presque aussitôt, il entendit à l'intérieur un bruit de pas, partiellement étouffé par la moquette.

La porte fut ouverte. Corentin fut un peu décontenancé de se retrouver face non à Géraldine mais à la petite Jamila, qui lui offrit son plus éclatant sourire.

Jamila Lakhdar était une adolescente de 16 ans, tunisienne par son père et guadeloupéenne par sa mère, une silhouette très épanouie pour son âge, une peau chocolat au lait et d'étonnants yeux verts. Elle n'avait pas plus de 14 lorsque les policiers de la Brigade mondaine avaient fait sa connaissance, à l'occasion d'une enquête particulièrement éprouvante[1].

À cette époque, totalement à la dérive, Jamila se prostituait dans un squat du XIXe arrondissement, sous le sobriquet terriblement explicite de *Pipette*…

À l'issue de l'enquête, elle avait été rendue à son oncle tuteur, lequel n'en avait strictement rien à faire d'elle. Du coup, Jamila avait de nouveau fugué… pour trouver refuge chez Géraldine Hébert. Là, elle avait fait la connaissance de Jonathan Kepler, le « fiancé » autoproclamé de Géraldine, pas beaucoup plus âgé qu'elle[2]. Les deux adolescents étaient tombés amoureux l'un de l'autre et, depuis, ils vivaient ensemble, dans la « piaule pourrie » que Jonathan avait trouvée, à deux coins de rues de chez Géraldine.

– Tiens, Monsieur Boris ! quelle bonne surprise ! s'exclama Jamila, en lui sautant au cou comme elle le faisait à chaque fois qu'elle le voyait. Comment ça va ?

Boris Corentin ne répondit pas tout de suite. Il sentait le corps élastique et replet de l'adolescente contre le sien, ses seins volumineux qui s'écrasaient contre sa propre poitrine, et, pour la première fois, ce contact le troublait plus qu'il ne l'aurait dû. En tout cas plus que jamais jusqu'à présent.

Il se dit qu'il ferait mieux de repousser l'adolescente avant que ce trouble étrange et incongru ne se manifeste de manière « palpable ». Mais il fit exactement le contraire : refermant ses bras autour de ses hanches, il la serra contre lui. Au moment où, préci-

1. Voir le Brigade mondaine N° 272, *Princesse vaudou*.
2. Voir le Brigade mondaine N° 268, *La Gazelle au piège*.

sément, son sexe entrait en érection d'une manière parfaitement irrésistible.

Jamila s'en aperçut et, se faufilant avec la vivacité d'une couleuvre, elle échappa à son étreinte. S'écartant d'un pas, elle le dévisagea d'un air surpris :

– Eh bien, Monsieur Boris ? Qu'est-ce qui vous arrive, ce soir ? C'est le printemps qui agit ?

L'adolescente eut un petit rire joyeux, montrant qu'elle n'accordait pas la moindre importance à la brusque flambée de désir ressenti par Corentin envers elle. Et celui-ci s'aperçut qu'il en concevait une sourde irritation, impossible à juguler.

Pour qui se prenait-elle, cette gamine ? Est-ce qu'il n'était pas assez bon pour elle ? Est-ce que, s'il n'avait pas été là pour la tirer de sa fange, elle ne serait pas encore en train d'avaler des queues anonymes sur un matelas graisseux et pourri du XIXe, au milieu de drogués et d'épaves de toutes sortes ?

Boris serra les poings et les mâchoires, et parvint à grand-peine à dominer l'inexplicable colère qui s'était emparée de lui, comme le feu d'un buisson sec.

– Mademoiselle Géraldine est pas encore rentrée, l'informa Jamila, d'une voix redevenue parfaitement tranquille, comme s'il ne s'était rien passé. Je pense qu'elle devrait pas tarder, en principe…

Cette voix calme et enjouée suffit à faire remonter la colère de Boris, telle une vague encore plus haute que la précédente. Elle le traitait comme un moins que rien, cette petite pute ! Comme s'il n'était pas un homme ! Comme si elle pouvait impunément tortiller son petit cul et ses nichons sous ses yeux sans qu'il réagisse !

Il allait lui montrer qui il était ! Elle allait comprendre sa douleur, l'insolente…

– J'ai vu qu'il y avait une bouteille de chablis entamée, dans le frigo, poursuivait Jamila, tournant le dos à Boris Corentin sans se rendre compte de ce qu'elle provoquait chez lui. Je vous en sers un petit verre ?

– Bonne idée, répondit Corentin, d'une voix anormalement grondante. À condition que tu trinques avec moi.

Elle se retourna et lui sourit avec un petit haussement d'épaules, qui fit frissonner sa lourde poitrine :

– Voyons, vous savez bien que je ne bois jamais…

– Eh bien, tu vas faire une exception pour moi ! répliqua Boris, avec une sorte d'exaspération sourde dans la voix, qui laissa l'adolescente tout interdite.

– Bof… Oui, après tout, pour une fois, pourquoi pas ? finit-elle par dire, en évitant le regard qui la transperçait, avant de filer vers la petite cuisine.

Elle en revint avec la bouteille entamée et deux verres. Elle posa le tout sur la petite table. Boris Corentin se dit qu'elle reproduisait exactement les mêmes gestes que ceux qu'avait eus Géraldine quelques heures auparavant.

Cela l'exaspéra encore plus.

C'était ça : elle le provoquait ! En imitant Géraldine dans ses moindres gestes, elle le narguait ouvertement ! C'était une façon de lui dire : « Tu te crois peut-être irrésistible, mais moi tu ne m'auras pas ! Pas si bête, la petite Jamila ! »

Eh bien, elle allait voir…

– Finalement, je n'ai pas très envie de boire, articula péniblement Corentin, d'une voix qu'il eut presque du mal à reconnaître pour sienne. Par contre, j'ai bien envie d'autre chose… *Pipette* !

En même temps qu'il disait ça, il l'attrapa par le bras et l'attira à lui avec une certaine rudesse.

– Monsieur Boris, qu'est-ce qui vous prend ? Arrêtez, vous me faites mal !

La voix de Jamila s'était faite implorante et ses grands yeux verts s'écarquillaient à présent d'une sorte de peur mêlée d'incompréhension. Elle tentait de résister à Corentin, mais elle ne le faisait que mollement, sans doute à cause de l'admiration et du respect qu'elle éprouvait pour lui depuis le début.

Il l'attira à lui et, plaquant son autre main sur ses fesses rebondies, il la colla contre lui.

– Tu sens comme tu me fais bander, petite Pipette ? gronda-t-il, d'une voix qui lui parut venir de l'extérieur de lui, comme si quelqu'un parlait à sa place, dans son dos, et lui faisait dire des choses qu'il n'avait jamais pensées.

– Vous êtes fou ! protesta Jamila, d'une voix plus faible, tandis que des larmes lui venaient aux yeux. Mademoiselle Géraldine va arriver, et…

– Et alors ? rugit Boris avec un grand éclat de rire. Qu'est-ce qu'on en a à faire de « Mademoiselle » Géraldine, hein ? Figure-toi que je l'ai baisée ici même il y a moins de quatre heures, ta mademoiselle Géraldine. Et qu'elle ne s'est pas fait prier, elle, pour me tailler une pipe !

– C'est pas vrai ! vous mentez ! hurla Jamila, en se débattant comme une possédée, mais sans parvenir à se libérer de l'étreinte de fer de Corentin.

Aveuglé par la colère, Boris la gifla à toute volée, et l'adolescente s'écroula sur la moquette avec un faible cri de douleur. Elle resta immobile, recroquevillée aux pieds de son bourreau, le corps secoué de gros sanglots silencieux, sans même oser se relever.

– Tu ne vas quand même pas faire ta délicate pour une pipe, alors que tu en as taillé des dizaines, avant qu'on vienne te tirer de ton trou à rats, tout de même ? grinça Boris Corentin, d'une voix nasillarde qui, cette fois, lui parut provenir d'au-dessus de sa tête.

En même temps, une autre voix, la sienne, celle de d'habitude, le suppliait de quitter l'appartement tout de suite, de planter là Jamila et de fuir cet endroit qui semblait répandre sur lui des ondes quasiment maléfiques.

Mais où aller ? Depuis quelque temps, partout où il se trouvait, il était en butte à des réactions qu'il était incapable de s'expliquer. Et puis, il y avait cette barre de chair, au bas de son ventre, qui le brûlait, qui exigeait son dû comme si elle se trouvait animée d'une sorte de vie autonome – comme si son sexe avait brusquement pris son indépendance par rapport à son cerveau. Il savait que c'était impossible, mais c'était pourtant la sensation qu'il avait.

Et puis, il était tout aussi impossible que Charlie Badolini le considère comme un ripou, qu'Aimé Brichot renie leur vieille amitié, ou que Géraldine Hébert se jette dans ses bras en lui demandant de l'épouser. Et pourtant, toutes ces choses avaient bel et bien eu lieu, à un rythme effrayant !

Le regard fixe et halluciné, Boris Corentin se dégrafa rapidement et fit jaillir à l'air libre un sexe qui lui parut avoir doublé de volume par rapport à ce qu'il était d'ordinaire. D'une main, il saisit Jamila par ses épais cheveux noirs et bouclés, et la tira vers le haut brutalement, afin d'amener à hauteur de son ventre son visage baigné de larmes.

– Et maintenant, tu vas me sucer sans faire d'histoire ! gronda-t-il. Sinon, je risque de me fâcher pour de bon, et ça pourrait faire mal !

Terrorisée par ce Boris Corentin totalement inconnu, Jamila ne protesta pas. Elle entrouvrit ses lèvres un peu épaisses et commença à y faire coulisser le membre énorme qui dodelinait de la tête devant elle.

À sa propre stupéfaction, Corentin jouit instantanément, au tout premier contact des lèvres chaudes et douces. Il sentit des flots de semence épaisse jaillir de son sexe, comme si cette éjaculation phénoménale ne devait jamais s'arrêter.

Mais le plus étrange est que, dans le même temps, il ne ressentait pas le moindre plaisir. Ni d'ailleurs aucune sensation d'aucune sorte. Comme si son sexe était en bois.

Lorsque le flot séminal se tarit enfin, il baissa les yeux et constata que le visage, le cou et les épaules de Jamila étaient entièrement maculés de sperme. Et aussi que sa virilité était toujours aussi énorme, dure et dressée.

Frustré de son orgasme, furieux de n'avoir pas

éprouvé le moindre plaisir, Corentin aboya :

– Tu ne vaux rien, comme suceuse, ma parole ! Tourne-toi ! Mets-toi à genoux sur la table basse ! Allez, dépêche !

Toujours sous l'emprise de la terreur que lui inspirait le « nouveau Boris », Jamila obéit docilement et prit la position demandée, se doutant de ce qui l'attendait. Elle sentait le sperme lourd couler le long de ses joues, de son menton, de son cou, avant d'aller se perdre dans la profonde vallée soyeuse qui séparait ses deux gros seins.

Elle sentit que Corentin retroussait sa jupette sur ses reins, avant de lui arracher littéralement sa petite culotte.

Elle poussa un hurlement de bête blessée et rua avec sauvagerie lorsque, au lieu d'investir son sexe comme elle le croyait, son violeur perfora ses reins sans la moindre précaution, en la maintenant solidement par ses hanches évasées.

Boris Corentin poussa, lui, un rugissement de rage : cette fois encore, il venait d'éjaculer immédiatement, alors que seul un quart de son sexe avait eu le temps de se ficher dans le petit anneau plissé qu'il dilatait monstrueusement.

Il ressortit de la croupe de Jamila et acheva de se répandre sur son dos et ses cuisses, en jets abondants qui semblaient ne jamais devoir s'épuiser. Et tout cela sans ressentir la plus petite once de plaisir.

Toujours possédé par la colère, sa virilité dressée devant lui malgré ses deux orgasmes consécutifs, Boris Corentin saisit Jamila par les épaules et la souleva de la table basse où elle venait de s'écrouler, afin de la forcer à se remettre debout. Puis, sans ménagement malgré ses pleurs, il la poussa rudement vers la porte de l'appartement, sans cesser de vociférer contre elle, de plus en plus fort.

Il ouvrit celle-ci avec violence, et se retrouva nez-à-nez avec le voisin d'en face, un jeune homme fluet d'une trentaine d'années qu'il ne se souvenait pas avoir jamais vu, bizarrement nu et enveloppé dans un rideau de douche en plastique translucide, agrémenté de grosses fleurs jaunes.

Celui-ci écarquilla les yeux lorsqu'il découvrit Jamila, en pleurs et littéralement couverte de sperme. Et aussi, sans doute, la formidable érection de l'homme qui la poussait sans douceur devant lui.

– Qu'est-ce qu'il y a ? rugit Corentin. Ça vous intéresse, la vie privée des voisins ?

L'autre se dépêcha de rentrer chez lui et de refermer sa porte, sans demander son reste.

Boris Corentin, d'une bourrade à l'épaule, propulsa Jamila en direction de l'escalier :

– Allez, fiche le camp, toi ! Disparais de ma vue ! Puisque, décidément, tu n'es bonne à rien ! Pipette, hein ? Je t'en foutrais, des pipettes, moi !

Et, tandis que la malheureuse Jamila s'accrochait à la rampe pour ne pas s'écrouler sur les marches, il pivota sur lui-même et s'engouffra de nouveau dans l'appartement, dont il claqua avec violence la porte derrière lui.

Dès qu'il fut seul dans le salon, Boris Corentin eut l'impression que la réalité se resolidifiait et lui fondait dessus, après s'être comme dissoute.

Baissant les yeux, il constata que son érection s'était brusquement évanouie. Son sexe était tellement assoupi, tranquille, qu'il se demanda si toute la scène avec Jamila avait réellement eu lieu.

Mais de toute façon, dans un cas comme dans l'autre, qu'elle ait eu lieu ou pas, c'était tout aussi effrayant. Il eut l'idée de prononcer quelques mots à voix haute, afin de savoir s'il avait repris possession de sa voix habituelle, ou bien si «l'autre» était toujours là, à s'exprimer à sa place.

Mais il n'osa pas. Ouvrir la bouche et parler était devenu au-dessus de ses forces. Et puis, tout bien réfléchi, il préférait ne pas savoir. Pas maintenant en tout cas.

Il se sentait terriblement fatigué.

Après être resté longtemps immobile, d'une immobilité rigoureuse, au centre du salon, Boris Corentin se dirigea vers la chambre de Géraldine en titubant comme un homme ivre. Il se laissa tomber de toute sa hauteur sur son lit, avec une sensation de soulagement intense.

Tout allait s'arranger.

Il allait dormir, Géraldine arriverait, elle saurait trouver les mots qu'il faut, et tout s'arrangerait.

La dernière image qui s'imposa à l'esprit de Boris Corentin fut celle de sa vieille mère, seule dans leur maison d'Audierne, et qui devait trouver que son grand fils ne venait vraiment pas la voir très souvent.

Et lorsqu'il s'endormit, son visage était baigné de larmes.

Chapitre VIII

La première chose dont Boris Corentin prit conscience lorsqu'il se sortit d'une nuit épaisse, noire et sans rêve, ce fut qu'il faisait grand jour, et même soleil. Il s'en sentit immédiatement rassuré, presque heureux.

Sa deuxième constatation le fut beaucoup moins, rassurante. Alors qu'il se souvenait fort bien s'être endormi en travers du lit de Géraldine Hébert, il se réveillait dans le sien, rue de Turbigo. Qui plus est nu, alors qu'il s'était couché tout habillé.

« Un rêve ! Un méchant cauchemar et rien de plus ! » Cette pensée le fit bondir hors du lit. Il ne s'était rien passé ! Il n'avait rien fait à Jamila, puisqu'il n'était pas allé chez Géraldine ! Peut-être même qu'il n'était pas davantage allé au Kremlin-Bicêtre, chez Mémé Brichot !

Corentin empoigna son téléphone portable, sagement posé sur la table de chevet comme tous les matins. Il sentit son cœur bondir de joie dans sa poitrine en constant qu'il était déjà dix heures moins le quart.

Les types de l'IGS, eux qui étaient censés lui

mettre la main au collet dès neuf heures, ils n'étaient pas venus ! C'était un rêve, rien qu'un stupide rêve !

Pris d'une idée subite, Corentin bondit jusqu'à son unique armoire et en ouvrit les deux portes à la volée…

Gagné ! Son sac de voyage, celui qu'il croyait avoir rempli la veille, se trouvait là, au bas de l'armoire, et tout ce qu'il y avait de plus vide. Quant à ses vêtements, ils reposaient, impeccablement pliés, sur leur étagère habituelle. Et – il alla aussitôt vérifier dans la salle de bain – son rasoir n'avait pas bougé, lui non plus.

À ce moment, la sonnerie de son portable retentit. Il prit aussitôt la communication. Et reconnut la voix un peu nasillarde de Thierry Villequier.

Donc, *tout* n'était pas du domaine du rêve…

– Lionel ? C'est moi, dit le producteur, comme si tout le monde était censé l'identifier au quart de tour. Vous vous souvenez qu'on est censé se voir à Boulogne, ce matin ? Je vous attends dans une heure, ça marche ? Allez, à tout de suite !

Et Villequier raccrocha sans avoir laissé à Boris Corentin le temps d'en placer une.

La joie de Corentin avait été de courte durée. L'appel de Villequier avait suffi à la dissoudre presque entièrement. Pourtant, par rapport à la veille, il se sentait un regain d'énergie. L'impression d'être en partie redevenu le Boris Corentin de toujours, de s'être « récupéré ».

Il prit une douche rapide, qui acheva de lui remettre les idées en place, lui sembla-t-il. Une fois habillé, il descendit rapidement l'escalier de son immeuble, afin de se rendre au rendez-vous que venait de lui rappeler Thierry Villequier, d'une manière assez comminatoire.

Débouchant sur le trottoir de la rue de Turbigo, il resta cloué sur place. La 307 de service était toujours garée au même endroit. Et, à son bord, les deux mêmes inspecteurs que la veille au soir. En le voyant, l'un des deux lui adressa un petit signe de la main, tandis que l'autre se fendait d'une ébauche de sourire, nettement ironique.

Bien que déstabilisé par cette découverte, Boris Corentin décida de les ignorer. Y compris s'ils décidaient de le suivre jusqu'aux bureaux de Thierry Villequier. Mais ils le laissèrent s'éloigner en direction du métro sans faire mine de bouger de l'endroit où ils se trouvaient.

Les bureaux de *Villprod*, la principale société fondée par Thierry Villequier, occupaient un petit immeuble ultra-moderne d'un seul niveau, sur les quais de Seine, à un jet de pierre de l'imposante tour occupée par TF1. Devant, un parking à demi plein et, derrière, pour ce qu'on pouvait en voir, un petit jardin d'agrément, coupé d'allées goudronnées et sinueuses. Le tout ceint de grilles blanches.

Dans le hall, Boris Corentin se dirigea vers le petit comptoir d'accueil, derrière lequel trônait une somptueuse blonde, au visage mangé par d'incroyables yeux violets, et dont les mensurations auraient fait mourir de honte n'importe quelle Miss Univers de ces trente dernières années.

D'après son petit badge de poitrine – qui fournissait aux visiteurs une excuse pour s'intéresser à la dite poitrine… –, elle se prénommait Priscilla. D'une voix veloutée, mais comme lointaine, presque absente, elle indiqua à Corentin, après un rapide coup de téléphone, que Thierry Villequier était dans son bureau, et que son assistante l'attendait dans le sien, situé comme il se doit juste à côté.

Le bureau du patron était situé au fond du bâtiment, et Corentin dut emprunter un long couloir pour l'atteindre. Ce faisant, il croisa plusieurs personnes, hommes et femmes, toutes très jeunes, dont aucune ne parut s'apercevoir de sa présence, ce qui lui parut étrange.

Il allait frapper à la porte indiquée par la « bombe » de l'accueil, lorsque celle-ci s'ouvrit toute seule. Et Corentin, stupéfait, se retrouva face à la même Priscilla.

– Mais… comment avez-vous fait ça ? demanda-t-il, tout en ayant conscience que sa question était sans doute un peu bête, en tout cas pas très originale.

La sculpturale blonde eut d'abord l'air ne pas comprendre, puis elle eut un petit rire perlé.

– Ah, oui, vous me confondez avec ma jumelle, Priscilla, qui est à l'accueil ! dit-elle en l'enveloppant d'un regard caressant. Moi, c'est Paméla…

Boris Corentin désigna de l'index le badge qui ornait sa fabuleuse poitrine :

– Ici, il y a écrit Priscilla, pourtant…

Le visage de la jeune femme se ferma brusquement et c'est d'un ton très froid qu'elle répondit :

– Personne n'a besoin de tout savoir ni de tout comprendre, Monsieur ! Même pas vous… (Elle ouvrit la porte du bureau voisin :) Si vous voulez vous donner la peine : M. Villequier vous attend…

Sans chercher à s'expliquer ce brusque changement d'attitude, Corentin pénétra dans le grand bureau, meublé ultra-moderne, très clair grâce à son immense baie vitrée donnant sur le petit jardin de l'arrière.

Lorsque Paméla/Priscilla eut refermé derrière lui, il fut surpris de se retrouver seul : aucune trace de Thierry Villequier nulle part. Il s'apprêtait à s'asseoir dans l'un des trois fauteuils en toile et tubulure chromée, lorsqu'une porte qu'il n'avait pas remarquée s'ouvrit juste à sa droite.

Et Thierry Villequier apparut dans l'encadrement, tout sourire et la main tendue.

– Mon cher Lionel, je suis bien content de vous voir enfin ! s'exclama-t-il en lui serrant vigoureusement la main. J'ai bien failli commencer sans vous…

Boris Corentin ouvrait la bouche pour lui demander ce qu'il avait eu l'intention de commencer, mais Villequier le prit de vitesse. Se rapprochant de lui, il poursuivit, un ton plus bas, et avec des mines de conspirateur :

– Puisque vous êtes décidé à devenir mon homme de confiance, mon « second moi » pour ainsi dire, il faut que vous soyez au courant de tout ce que je fais… y compris ce que personne à l'extérieur n'est supposé savoir ! Puis-je compter sur votre discrétion absolue, mon cher Lionel ?

– Il me semblait que cela allait de soi ! répondit Corentin, en se composant un petit air vexé. Maintenant, si vous pensez que je vais aller dégoiser sur vous, il vous…

– Mais non, mais non ! le coupa joyeusement Villequier en le prenant familièrement par le bras. C'était histoire de causer, rien de plus : je vous fais confiance, ça va de soi ! Vous savez, je ne me trompe jamais, sur les gens… Venez…

Guidé par Villequier, Boris Corentin pénétra dans une pièce de dimensions modestes, qui présentait la particularité de n'avoir aucune fenêtre, et pas d'autre porte que celle par laquelle ils venaient d'y entrer.

Tout le fond en était occupé par un gigantesque et très profond canapé, auquel deux fauteuils faisaient face. Quatre petits guéridons de bois sculpté servaient de dessertes. Dans l'un des angles de gauche, un bar en palissandre. Et, face à lui, un petit meuble plus moderne supportant une mini-chaîne hi-fi et une vingtaine de disques.

Enfin, sur le canapé, une fille brune, vêtue d'un micro-short en jean, effrangé dans le bas, et d'une sorte de boléro rouge vif, sans manches, qui laissait son nombril à nu et avait bien du mal à contenir ses deux gros seins, visiblement libres de tout soutien supplémentaire.

Ses cheveux étaient épais et, tombant sur ses épaules, encadraient un visage rond, à la moue boudeuse, mangé par deux grands yeux aussi sombres que sa chevelure.

En la détaillant, Boris Corentin se sentit redevenir

pleinement policier. Car il était impossible que cette fille ait plus que 15 ans, 16 au grand maximum, et il était évident d'autre part qu'elle n'était certainement pas là pour suivre un stage de formation dans le cadre de ses études.

Donc, il était à un cheveu d'obtenir la preuve qu'il cherchait depuis le début de cette enquête, à savoir celle d'un traficotage de « chair fraîche » pratiqué par les époux Villequier.

Sauf que, à son grand étonnement, il s'aperçut qu'il n'avait plus du tout envie d'arrêter Thierry Villequier ni sa femme. Ne serait-ce que parce que, depuis quelques jours, ils avaient été les seuls à le traiter avec cordialité et bienveillance, quand tous les autres, qui étaient pourtant censés être ses amis, s'étaient mis à le considérer comme un moins que rien.

– Mon cher Lionel, je vous présente Amandine ! claironna Thierry Villequier, en désignant l'adolescente. Elle est venue me voir pour participer à l'une de nos émissions, celle où l'on découvre les stars de la chanson de demain, vous savez ? Il s'agit maintenant de la tester, pour savoir si elle a le tempérament d'une vraie artiste. Amandine, ma petite chérie, ça ne te gêne pas si mon ami Lionel se joint à nous, n'est-ce pas ? Plus on est de fous…

La gamine balaya Boris d'un rapide regard vertical, sans se départir de cette petite moue ennuyée et désabusée qu'arborent souvent les adolescentes.

– Non, non, c'est O.K., finit-elle par dire, d'une voix qui aurait été agréable si elle n'avait pas été aussi indifférente.

– À la bonne heure ! s'exclama Villequier, en se dirigeant vers le bar, dont il ouvrit la porte en rabat.

Il en sortit une petite coupelle d'argent et deux pailles du même métal. À l'aide de la minuscule cuiller se trouvant dans la coupe, il répandit un peu de poudre blanche sur le miroir de la porte rabattue, puis, à l'aide d'une lame de rasoir, il la sépara en trois copieuses « lignes », dont, paille dans la narine droite, il inhala la première d'une seule inspiration.

– À toi, ma chérie ! dit-il, en faisant signe à Amandine de s'approcher.

Lorsque celle-ci se leva du canapé, Boris Corentin se dit qu'elle était plus grande qu'il ne l'avait tout d'abord pensé. Et aussi nettement mieux balancée.

Sans marquer la moindre réaction, de contentement ou d'appréhension, l'adolescente sniffa sa ligne de cocaïne sans hésiter, avant de retourner s'asseoir. Villequier tendit l'autre paille à Corentin :

– À vous, mon cher ! Après tout, c'est vous qui nous l'avez livrée, cette came : il est donc tout à fait normal qu'il vous en revienne une partie !

Le premier réflexe de Boris fut bien sûr de refuser, comme il le faisait chaque fois lorsqu'il était placé dans ce genre de situation. Mais, là, d'un coup, quelque chose en lui lui souffla que cela lui ferait du bien, ce petit « coup de fouet » que procurait en principe la coke.

Et, sans plus hésiter, il saisit la paille, et la fichant dans sa narine, inhala ce qui restait de poudre sur le miroir.

Lorsqu'il se redressa, ce fut pour constater que Thierry Villequier avait rejoint Amandine sur le canapé et lui pelotait outrageusement les seins, sans que l'adolescente ne réagisse de manière particulière.

Au moment précis où Thierry Villequier saisissait la main droite de sa partenaire pour la poser sur sa braguette, Boris se dit qu'il ferait beaucoup mieux de quitter la pièce dès maintenant. Car, s'il restait, il devenait complice d'un détournement de mineure. Ce qui, pour un policier d'élite, risquait de faire terriblement désordre…

Mais, à la seconde suivante, il se rendit compte avec un certain effarement qu'il n'en avait strictement rien à faire. Et que, mineure ou pas, la (trop) jeune Amandine lui faisait terriblement envie.

*
* *

Lorsqu'il ressortit de l'immeuble où travaillait Villequier, Boris Corentin se sentait prêt à « bouffer le monde », selon l'expression qui lui vint spontanément à l'esprit.

Pas une seconde il ne lui vint à l'esprit que ce devait être tout simplement l'effet des deux lignes de cocaïne qu'il s'était enfilées dans les narines. Car, la séance s'étant prolongée, Thierry Villequier avait offert « une deuxième tournée », pour reprendre sa propre expression.

Amandine avait été « testée » et re-testée par Villequier, qui avait d'abord exigé qu'elle se mette nue, ce qu'elle avait fait sans la moindre hésitation. Puis, il avait réclamé une fellation, qu'il avait obtenue sans plus de réticence.

Plusieurs fois, il avait invité Boris Corentin à venir les rejoindre pour former un trio :

– Pourquoi tu la baises pas pendant qu'elle me pompe ? lui avait-il gentiment proposé. Je suis sûr qu'elle demande que ça, cette petite cochonnette ! Non, mais regarde-moi un peu ce cul qu'elle trémousse juste pour t'exciter !

Excité, Boris Corentin l'était, et bizarrement il ne voyait aucune objection à accéder à la demande de Villequier. Sauf que, soudain, le visage de la petite Jamila était passé devant ses yeux et que cela l'avait bloqué instantanément. Bloqué vis-à-vis d'Amandine, en tout cas, qui devait avoir le même âge que la petite Tunisienne.

En revanche, lorsque Villequier avait voulu savoir si Amandine était « aussi gourmande avec les femmes qu'avec les hommes » et qu'il avait fait venir Priscilla (ou Paméla…), Boris Corentin avait vigoureusement pénétré la sculpturale jumelle, tandis qu'elle-même faisait jouir l'adolescente à coups de langue précis entre ses cuisses écartelées.

Lorsqu'il s'était enfin décidé à quitter le « boudoir », ainsi que le maître des lieux appelait la pièce entièrement close et aveugle, Thierry Villequier était occupé à sodomiser vigoureusement Amandine, laquelle rendait sa politesse à Priscilla en lui léchant consciencieusement le sexe.

Juste avant qu'il ne sorte, Thierry Villequier lui avait demandé de passer au château le soir même.

D'un ton sans réplique, comme il se doit pour un patron s'adressant à l'un de ses employés.

Boris Corentin s'était contenté d'acquiescer en silence, avant de se retirer…

Et c'est alors qu'il traversait le petit parking de l'entreprise que son portable se mit à sonner. Il attendit d'avoir quitté l'enceinte de l'entreprise avant de prendre la communication. Il faillit ne pas reconnaître la voix de Géraldine Hébert, tant celle-ci était froide et dure :

– Boris ? C'est moi, Géraldine. Il faudrait qu'on se voie rapidement…

– Mais oui, pourquoi pas ? Tu es où, là ?

– Quelque part dans Paris. Je suis dans le métro, en fait : on peut se retrouver chez moi ?

– Parfait, j'y serai dans une petite demi-heure, si tout se passe bien avec la circulation. À tout à…

Géraldine avait déjà coupé la communication.

Instinctivement, Boris Corentin se sentit repris par ses angoisses de la veille – sur un mode mineur, mais tout de même. Qu'est-ce qui se passait encore ? Pourquoi Géraldine avait-elle eu cette voix si sèche, si tendue ? Comme si elle se retenait pour ne pas exploser au téléphone…

Pris par ses réflexions, Corentin s'aperçut soudain qu'il était assis dans une rame de métro, alors qu'il n'était même pas conscient d'avoir accompli le trajet entre le siège de la société *Villeprod* et la station de Boulogne. Il se dit qu'il devenait bien distrait, depuis quelque temps. Ou alors c'était la cocaïne inhalée qui faussait ses perceptions…

Sans plus se préoccuper de ces bizarreries, il oublia instantanément le monde qui l'entourait, le monde matériel, réel, pour se replonger dans ses réflexions un instant interrompues. Des réflexions dans lesquelles il se perdait comme dans un labyrinthe inextricable…

Il fallut qu'il soit bousculé par deux adolescents à casquettes inversées pour s'apercevoir avec stupeur qu'il se trouvait sur le trottoir de la rue de Charonne, immobile au pied de l'immeuble où habitait Géraldine Hébert.

Décidément, la drogue ne lui réussissait pas…

Il grimpa les escaliers d'un pas plus pesant et lent que d'ordinaire. Et, même, il constata que plus il approchait du but et plus il ralentissait. Comme s'il n'avait pas envie d'y aller et que quelque chose le tirait en arrière.

– C'est ouvert, voyons ! s'écria la voix impatiente de Géraldine Hébert, lorsque Boris Corentin frappa deux coups au chambranle de bois peint.

Il ouvrit la porte, fit un pas en avant… et s'arrêta, cloué sur place par la stupeur.

Ce n'est pas dans l'appartement de Géraldine qu'il venait de pénétrer, *mais dans son propre studio* de la rue de Turbigo ! Néanmoins, Géraldine se trouvait là, installée comme chez elle dans l'unique fauteuil Voltaire de la pièce.

– Mais… On… Enfin, on n'avait pas rendez-vous chez toi ? balbutia Boris Corentin, en se demandant s'il n'était pas en train de devenir fou.

Géraldine Hébert haussa les épaules avec brusquerie et jaillit hors du fauteuil, les traits tellement tendus qu'elle en devenait presque laide.

– Chez toi, chez moi : qu'est-ce qu'on en a à foutre ! rugit la jeune femme, en marchant droit sur Corentin, les deux poings serrés. Ce qui compte c'est ce que tu as fait à cette pauvre Jamila hier soir !

Boris eut l'impression d'être foudroyé sur place. Ainsi, contrairement à ce qu'il avait cru un peu trop vite, il ne s'agissait pas d'un cauchemar : il avait *réellement* exigé de l'adolescente qu'elle le…

Il n'eut pas le temps de s'appesantir davantage, Géraldine Hébert était sur lui, son regard émeraude flamboyant de rage, pour ne pas dire de haine.

– Boris, je ne sais pas ce qui t'arrive, mais tu es en train de devenir ignoble ! cracha-t-elle. Je te préviens qu'il n'est plus question que je t'adresse la parole en dehors des stricts besoins du service !

– Géraldine, écoute-moi ! Je ne…

– Tais-toi, tu m'écœures ! le coupa violemment la jeune femme. D'ailleurs, je serais toi, je demanderais vite fait ma mutation dans une autre brigade ! Parce que si tu restes aux Affaires recommandées, je peux te garantir que je ne te quitterai pas des yeux ! Et si j'ai l'occasion de te faire plonger, je n'hésiterai pas une seconde !

– Géraldine, laisse-moi t'expliquer, bon sang ! dit Corentin d'une voix presque implorante.

– Rien du tout ! hurla la jeune femme.

En un sens, il valait mieux qu'elle ne le laisse pas parler, car Corentin se rendait compte qu'il aurait été bien incapable de fournir le plus petit commencement de justification à ses agissements de la veille.

Malgré tout, il devait bien y avoir un moyen de se faire entendre… De sortir de ce cauchemar…

Boris Corentin fit un pas en avant pour combler la distance qui le séparait encore de Géraldine Hébert, et il ouvrit les bras pour la prendre par les épaules.

Elle fit un saut vers l'arrière, tandis qu'un rictus de dégoût déformait ses traits.

– Ne me touche pas, espèce d'ordure ! gronda-t-elle. Je t'interdis de poser la main sur moi, tu entends ?

Et, pivotant rapidement sur elle-même, elle fila dans la salle de bain dont elle claqua la porte derrière elle.

Hébété, titubant, Boris Corentin se laissa tomber sur son lit et se prit la tête entre les mains.

Qu'est-ce qui lui arrivait ? Il n'en savait rien. Plus il cherchait à comprendre et plus il avait l'impression angoissante de s'enfoncer dans une sorte de vase épaisse et noire, dans laquelle c'était tout le monde réel qui se diluait.

Il resta ainsi un assez long moment, du moins est-ce l'impression qu'il eut. Mais, depuis quelque temps, il avait douloureusement appris à se méfier de ses impressions – et surtout des plus évidentes.

Il finit par relever la tête, lentement, et tourna ses regards vers la porte de la salle de bain.

– Géraldine, appela-t-il d'une voix étouffée, il faut absolument qu'on se parle sérieusement. Il y a vraiment des choses qui ne vont pas…

Il n'obtint pas de réponse de la jeune femme. Et aucun bruit ne filtrait de derrière la porte.

– Géraldine, réponds-moi au moins ! dit-il d'une voix plus forte, où perçaient des accents de désespoir.

Toujours le silence…

Boris Corentin se leva du lit et se dirigea vers la porte, qu'il ouvrit après une ultime hésitation. Il s'attendait à tout, sauf à ce qui lui sauta alors aux yeux.

La salle de bain était vide.

Aucune trace de Géraldine Hébert.

« C'est impossible ! songea Corentin, en se mettant machinalement à regarder partout, comme si sa coéquipière avait pu se dissimuler derrière les toilettes ou dans la petite armoire à pharmacie. Elle est entrée ici et je ne l'ai pas vue en ressortir. Pourtant, elle n'y est plus… Donc, il a bien fallu qu'elle repasse devant moi sans que je la voie. Car il n'y a pas encore de passage secret ni d'escalier dérobé dans ma salle de bain, que je sache ! »

Lorsqu'il ressortit de la salle de bain désespérément déserte, Boris Corentin dut encaisser un nouveau choc, lorsque son regard traversa machinalement la grande fenêtre horizontale de son studio.

Alors qu'il pensait être arrivé ici peu après une heure de l'après-midi, il faisait à présent nuit noire.

CHAPITRE IX

Il était presque neuf heures lorsque Boris Corentin franchit la grille de la propriété des Villequier, à Saint-Germain-en-Laye. Il avait tout à fait renoncé à s'expliquer le « trou » de cinq ou six heures qui avait séparé son arrivée rue de Turbigo (alors qu'il avait rendez-vous rue de Charonne...) du moment où il s'était aperçu qu'il faisait nuit.

Et c'est à peine s'il avait été surpris, redescendant de chez lui, de découvrir la voiture de police banalisée toujours garée à la même place, le long du trottoir, *avec les deux mêmes inspecteurs à son bord.*

C'est avec une sorte de soulagement mêlée de gratitude pour ses propriétaires que, au tournant de l'allée de terre battue, il vit soudain la masse sombre du château se découper en face de lui. Plus ça allait et plus il lui semblait que Maude et Thierry Villequier étaient les dernières personnes à se comporter normalement avec lui. Et même à faire preuve de *bienveillance* à son égard.

Rien que pour cela, mais c'était énorme, cela valait la peine de se raccrocher à eux, de lier s'il le fallait son destin au leur, quel que soit le prix à payer pour cela et les conséquences à en subir éventuellement.

Lorsque Boris Corentin mit le pied sur la grande terrasse en demi-lune, il vit soudain la silhouette trapue et athlétique d'Oleg Stepanovitch Vassiliov sortir de l'ombre de l'une des dépendances situées à gauche du château et légèrement en retrait par rapport à lui.

Comme le Russe se mit à marcher dans sa direction, il l'attendit en allumant une cigarette, dont l'extrémité rougeoya dans la nuit très noire.

– Alors, Steppe, comment ça va ce soir ? demanda Boris Corentin, avec une jovialité et une familiarité qui le surprirent un peu lui-même.

– Beaucoup de travail… répondit le Russe en roulant abominablement le « r ». Je suis content très que vous venez m'aider bientôt…

Il avait dit ça d'un ton presque aimable, qui contrastait avec celui qu'il avait employé la dernière fois. Corentin se dit qu'il avait dû être chapitré par Thierry Villequier et qu'il faisait contre mauvaise fortune bon cœur.

Mais, après tout, il était peut-être réellement content d'être déchargé d'une partie de ses tâches.

– Les patrons sont là ? demanda-t-il encore.

Vassiliov eut un geste de la main, pour désigner le château dans son dos :

– Ils sont dans bibliothèque, avec votre ami…

– Mon ami ? s'étonna Corentin.

– Oui, le petit avec moustache et les lunettes, précisa le Russe. Habillé comme vrai Anglais…

Boris Corentin eut un sursaut :

– Vous êtes sûr ?

– Sûr : j'ai ouvert la porte à lui…

Corentin pénétra dans le hall du château, l'esprit survolté : que venait donc faire Aimé Brichot – car ce ne pouvait être que lui – chez les Villequier ?

Il tourna à droite en direction du large couloir qui permettait d'accéder à la bibliothèque. En priant pour ne pas encore une fois tomber sur la jeune Cécile Folendieu, ou plutôt Volange-la-nymphomane. Par chance, il ne croisa pas âme qui vive, la grande bâtisse paraissait déserte.

Lorsqu'il eut dépassé la première porte, fermée, Boris Corentin commença à percevoir le bourdonnement indistinct d'une conversation, un peu en avant de lui. Quatre mètres plus loin, les voix commencèrent à se différencier : deux d'hommes et une de femme. Encore quelques pas et, en effet, il reconnut le timbre ô combien familier d'Aimé Brichot. Dans le même temps, il vit que la porte de la somptueuse bibliothèque était restée entrouverte.

Instinctivement, il se mit à avancer d'un pas plus léger, afin de ne pas signaler sa présence, jusqu'à la porte de la pièce où se trouvaient les trois autres.

L'entrebâillement de la porte n'était pas bien large, mais la disposition des lieux fit qu'il permit à Boris Corentin de découvrir le canapé où les époux Villequier se trouvaient installés, l'un près de l'autre.

Et, devant eux, debout, allant et venant d'un pas rapide sur l'épais tapis, Aimé Brichot, occupé à discourir. Le voir ici, en chair et en os, causa un choc à Corentin. Mais ce ne fut rien par rapport à celui qu'il reçut en tendant l'oreille pour percevoir ce qu'il était en train de dire.

– J'ai fait ce qu'il fallait, comme je vous l'avais promis, affirmait Aimé Brichot, avec un petit air de hautaine satisfaction que Corentin ne lui avait encore jamais vu. Pour neutraliser cet idiot infatué de Boris, le plus direct était de le charger auprès de Charlie Badolini – et c'est ce que j'ai fait, mais sans en rajouter, pour que ce vieux con de commissaire ait l'impression que les soupçons venaient de lui et de lui seul.

– Flatter la vanité des puissants : le meilleur moyen d'arriver à ses fins, pontifia Thierry Villequier.

– Exactement ! appuya Brichot en se redressant avec la fierté d'un petit coq de basse-cour. J'ai eu un petit moment d'inquiétude lorsque Corentin a tenu absolument à participer à cette soirée chez vous. J'ai cru qu'il allait tout faire foirer, avec son zèle imbécile !

– Heureusement que vous avez pu nous avertir à temps, ça nous a permis de nous en tenir à une soirée clean, intervint Maude, en coulant à Aimé Brichot un long regard brûlant. Je ne sais pas comment nous pourrons jamais vous remercier…

Du pouce et de l'index, Aimé Brichot lissa sa moustache en prenant un air avantageux :

– Oh, mais moi je le sais très bien, délicieuse et troublante amie ! Et je crois bien que vous le savez aussi : ne soyez pas si modeste en ce qui concerne le pouvoir de vos charmes sur les hommes, je vous prie !

Sidéré par ce qu'il entendait, par les mots qui

sortaient de la bouche de son coéquipier, Boris Corentin vit Maude baisser les yeux avec un petit rire chatouillé, sous l'allusion plus que directe de Brichot.

– Je pense qu'en effet, notre chère Maude a une petite idée de ce qui vous ferait plaisir, mon cher Aimé. Et quelque chose me dit qu'elle ne tardera pas à vous l'accorder. D'autant que, si j'en crois ce qu'elle m'a dit tout à l'heure, ce sera un réel plaisir pour elle aussi !

– Voyons, Thierry, arrête, tu vas me faire rougir ! minauda sa femme, tout en écartant ses cuisses très court vêtues, afin de donner un avant-goût à Brichot de ce qui l'attendait.

– Mais dites-moi, mon cher, reprit plus sérieusement Thierry Villequier, êtes-vous bien certain que l'on puisse d'ores et déjà considérer votre ami Boris Corentin – ou notre ami Lionel Bauchard, puisque Lionel Bauchard il y a – comme totalement neutralisé ?

Corentin vit Aimé Brichot hausser les épaules :

– On n'est jamais sûr de rien, avec ce bougre-là ! Et c'est quand on le croit à terre qu'il peut se révéler le plus dangereux ! En particulier pour le genre de petites affaires que nous menons, vous et moi. Seulement, là, on le tient dans une paire de tenailles dont il aura vraiment du mal à se sortir : d'un côté vous, auprès de qui Boris a la stupidité de croire que sa couverture est toujours solide et qui allez le compromettre de plus en plus ; et de l'autre moi, qui continue de saper ses positions auprès du patron de la Brigade…

Aimé Brichot marqua une petite pause, se lissa la moustache, avant de poursuivre :

– C'est d'ailleurs bien pour le tenir encore plus solidement que j'ai fait entrer le lieutenant Géraldine Hébert dans notre petite combinaison ! Je dois dire que, jusqu'à présent, elle a joué sa partie avec beaucoup de talents !

– Cette Géraldine, est-ce qu'on aura la chance de faire sa connaissance ? demanda Maude Villequier, en coulant à Brichot un long regard par en dessous.

– Elle en meurt d'envie, assura Brichot, avec une légère inclinaison du buste. Et spécialement de vous, chère amie : son goût la porte nettement vers les femmes, comme je vous l'ai dit. Même si elle a parfaitement su embobiner cet incorrigible queutard de Boris ; se laisser prendre à la comédie du grand amour : faut-il qu'il soit bête tout de même !

– Mais ce n'est pas pour m'effrayer... bien au contraire ! murmura Maude, en posant un talon sur le rebord du coussin où elle était assise, ce qui eut pour effet immédiat de dénuder complètement ses cuisses.

– Et si je nous servais un petit verre ? proposa alors Thierry Villequier, en se levant du canapé. Qu'est-ce qui vous ferait plaisir ? Ma chérie ?

– Quelque chose de fort, répondit Maude, qui s'alanguissait de plus en plus dans le canapé. J'ai envie de m'éclater à fond, là, tout d'un coup...

– Et vous, cher ami ? s'enquit très civilement Villequier. J'ai une excellente vodka...

– Va pour la vodka ! Et double s'il vous plaît ! répondit Brichot, ce qui surprit fort Corentin, car il avait toujours vu son ami refuser les alcools forts.

Mais enfin, au point où il en était, au degré de stupéfaction où il était rendu…

Il vit Thierry Villequier traverser rapidement la bibliothèque en diagonale, en direction du bar d'acajou. Dans le même temps, il repéra le petit geste qu'eut Maude pour inciter Aimé Brichot à s'approcher encore plus près d'elle – ce qu'il fit aussitôt, et avec un certain empressement.

Sidéré, Corentin vit Maude se redresser dans le canapé afin de s'attaquer au pantalon d'Aimé Brichot. Lequel, d'ordinaire si pudique, ne semblait pas du tout gêné de cet « attentat », perpétré en présence du mari.

– Elle est belle… murmura Maude en se léchant les lèvres, lorsqu'elle eut fait jaillir au jour le membre viril, en effet de taille honorable, qu'elle convoitait.

– Suce-moi, ma belle salope ! souffla Aimé Brichot, en appuyant avec autorité sur la tête de la maîtresse de maison, la tête rejetée en arrière.

Ce que Maude s'empressa de faire, engloutissant voluptueusement et avec lenteur entre ses lèvres humides la verge qui semblait la narguer.

– Eh bien, on ne s'ennuie pas, à ce que je vois ! s'exclama Thierry Villequier, tout sourire, en revenant du bar avec trois verres à demi pleins dans les mains. Je vous avais dit, mon cher, que Maude saurait très bien comment vous remercier de tout ce que vous faites pour nous. Du reste, regardez un peu dans quel état vous me la mettez…

Effectivement, tout en engloutissant la virilité

tendue d'Aimé Brichot, Maude Villequier avait glissé une main entre ses propres cuisses écartelées et, deux doigts fichés dans son intimité ruisselante, se masturbait avec une sorte d'irrépressible frénésie érotique.

Soudain, elle cessa d'engloutir gloutonnement le membre qui envahissait sa bouche, recula sa tête et leva les yeux vers les deux hommes :

– Est-ce que l'un de vous d'eux aurait la gentillesse de me défoncer la chatte ? Je n'en peux plus, moi !

– À vous l'honneur, cher ami… proposa Thierry Villequier, sur un ton parfaitement urbain.

Sans attendre l'invitation de son hôte, Brichot avait déjà plongé ses deux mains dans le profond décolleté de Maude et pétrissait ses seins avec une espèce de violence. Traitement qu'elle semblait trouver tout à fait à son goût, si Boris Corentin en jugeait par les petits cris de plaisir et les longs soupirs rauques qui lui parvenaient.

Au bout d'un moment, Maude s'arracha à ce pelotage viril et, pivotant sur elle-même, se mit à genoux sur le canapé, la poitrine appuyée sur le dossier, de façon à présenter sa croupe aux assauts d'Aimé Brichot.

Lequel la saisit aussitôt par ses hanches fines et, d'une seule poussée, s'enfonça jusqu'à la garde dans son beau fruit mûr, qu'ombrait un fin duvet doré.

Au même moment, assez loin derrière lui, Boris Corentin perçut le bruit caractéristique de la grande porte du hall en train en train de s'ouvrir.

Quelqu'un arrivait.

Ne voulant pas être surpris en train d'espionner ses « patrons », il se hâta vers le bout du large couloir et se dissimula dans le renfoncement d'une porte.

En priant pour que le nouvel arrivant n'ait pas la mauvaise idée de venir jusqu'ici…

Chapitre x

De sa cachette improvisée dans l'encoignure, Boris Corentin entendit presque aussitôt les époux Villequier quitter la bibliothèque, accompagnés par Aimé Brichot. Il se dit que, eux aussi, le bruit de la porte d'entrée avait dû perturber leurs petits jeux érotiques.

Ils s'éloignèrent dans le couloir, en direction du grand hall. Là, Boris Corentin perçut les échos d'une voix féminine nouvelle et, durant une seconde ou deux, il eut l'impression qu'il s'agissait de celle de Géraldine Hébert.

Mais, presque aussitôt, les quatre personnes s'éloignèrent et le silence retomba. Corentin sortit de sa cachette et décida de rejoindre à son tour le hall, pour faire comme s'il arrivait seulement au château.

Il n'était pas encore au bout du couloir que, déjà, Maude et Thierry Villequier réapparaissaient, venant de l'étroit couloir que Boris Corentin avait lui-même emprunté à deux reprises, le soir de l'orgie.

– Ah, je vous cherchais ! s'exclama-t-il en venant vers eux avec un grand sourire.

Le visage de Thierry Villequier se ferma :

– Il y a longtemps que vous êtes là ?

– Mais non, j'entre à l'instant, répondit très naturellement Corentin. Steppe m'a dit que vous étiez à la bibliothèque, mais il s'est trompé, on dirait…

– Il ne s'est trompé que de quelques secondes, affirma Maude, en effleurant le torse de Boris du bout de l'index. D'ailleurs, nous y retournons, venez…

Elle était aussi souriante envers lui, aussi aguicheuse même, que lors de leurs précédentes rencontres. Pourtant, après ce qu'il venait d'entendre, Boris Corentin ne pouvait s'empêcher de se dire que son mari et elle savaient pertinemment qui il était en réalité. Et aussi qu'ils se débarrasseraient de lui dès qu'ils jugeraient devoir le faire, pour leur sécurité.

En temps ordinaire, il aurait accepté cela tout naturellement. C'était le jeu, il en connaissait les règles : lui, en temps que policier essayait de les piéger ; et eux, ses futures victimes, en face, faisaient tout pour éviter les chausse-trappes qu'il disposait sous leurs pieds.

Seulement, là, il se passait quelque chose d'étrange. Car ce qui dominait dans l'esprit de Boris Corentin, depuis qu'il avait surpris la conversation des Villequier avec Aimé Brichot, c'était un bizarre mélange de déception et de tristesse.

Non pas déception de voir sa couverture voler en éclats, mais plutôt de ce qu'il lui serait désormais impossible d'entrer vraiment dans l'intimité des Villequier, par lesquels il se sentait de plus en plus invinciblement attiré. Et c'est cette constatation qui le plongeait dans une sorte de tristesse difficile à définir, assez proche, se dit-il, de la *déception amoureuse*.

Et, par là-dessus, venant se greffer sur ces sentiments déjà difficilement explicables, il prenait conscience d'une volonté en lui, encore plus incompréhensible.

Celle de tout faire pour s'assurer la conquête de Maude et Thierry Villequier. Quelque chose, en lui, le poussait à prouver au couple que, bien qu'appartenant en effet à la Brigade mondaine, il était néanmoins digne de leur confiance.

Et il se rendit compte, tandis qu'il pénétrait dans la bibliothèque à leur suite, que pour parvenir à séduire les Villequier, il était tout prêt à envisager séance tenante une démission de la police…

– Asseyez-vous, mon cher Lionel ! claironna Villequier en lui désignant le canapé. Je ne vous propose pas à boire : nous ne faisons que passer ici.

Les deux époux étaient debout face à lui, ce qui l'obligeait à lever les yeux pour converser avec eux.

– Lionel, vous nous avez confessé l'autre soir, avec une franchise qui vous honore, votre goût pour les très jeunes filles, reprit Villequier. Eh bien, puisque nous sommes désormais presque associés, il est temps que nous vous confessions, Maude et moi, que c'est un goût que nous partageons au plus haut point. Nous, ainsi qu'un certain nombre de nos amis…

Boris Corentin resta silencieux, se contentant d'un petit hochement de tête appréciateur. On arrivait donc dans le vif du sujet, ce pour quoi, au départ, il avait cherché – et réussi – à pénétrer dans l'intimité du couple. Et il se demandait bien pourquoi, sachant qui il était en réalité, Thierry Villequier lui faisait cet aveu. Tout comme d'ailleurs il avait accepté, la veille, de lui acheter une importante quantité de drogue.

Il n'y avait que deux hypothèses. La première était que, en le compromettant le plus possible, Thierry Villequier espérait le ligoter, le rendre inoffensif. La deuxième hypothèse, pas contradictoire de la première d'ailleurs, s'articulant même très bien sur elle, était qu'il espérait pouvoir se faire un véritable allié de lui, malgré son état de policier.

Et, à cette pensée, Boris Corentin sentit une étrange mais puissante gratitude l'envahir, vis-à-vis de Thierry Villequier. Doublée par l'ardent désir de ne pas le décevoir.

– Seulement, poursuivit le producteur, nous préférons, pour satisfaire ces goûts assez « mal vus » actuellement, ne pas nous en remettre au hasard, vu notre position. Et surtout, nous prenons toutes les précautions requises. Venez, nous allons vous montrer quelque chose…

– Quelque chose que vous avez bien failli découvrir tout seul l'autre soir… murmura Maude, en glissant son bras sous le sien, pour l'entraîner vers la porte.

Sans ajouter un mot, nos trois personnages rejoignirent le hall de réception, puis s'engagèrent dans l'étroit couloir que Boris Corentin connaissait déjà. Arrivé presque au bout, Thierry Villequier ouvrit la porte de ces étranges « toilettes publiques » dans lesquelles Corentin avait déjà pénétré par deux fois, le soir de l'orgie.

– Maude, s'il te plaît… murmura Thierry Villequier, en désignant la porte de la troisième cabine de WC.

Corentin vit la jeune femme s'y engouffrer, cependant que son mari se dirigeait, lui, vers le troisième lavabo. Il tourna la tête vers Boris :

– Mon cher Lionel, ne prenez surtout pas cela pour de la défiance envers vous, mais je préférerais que vous vous tourniez vers la porte…

Boris Corentin s'exécuta docilement. Ses oreilles perçurent un léger grincement, ainsi qu'un petit « clac ! » métallique. Les deux étant immédiatement suivis par une sorte de frottement léger et régulier qui dura quelques secondes.

– Vous pouvez vous retournez, cher ami… dit Villequier dès que le frottement cessa de se faire entendre.

Pivotant sur lui-même, Boris Corentin en resta saisi. Le grand miroir fixé au mur carrelé du fond de la pièce avait pivoté sur son axe, exactement comme une porte, et dévoilait un couloir d'environ un mètre de large, éclairé par deux petites appliques qui permettaient de voir que, après environ deux mètres ou deux mètres cinquante, il faisait un brusque coude sur la droite.

D'un coup, Boris Corentin comprit pourquoi il avait eu l'impression, le soir de la partouze, que le couple d'hommes qu'il avait suivi jusqu'ici s'était inexplicablement « volatilisé » : en fait, il avait tout simplement emprunté le passage dérobé qui s'ouvrait à présent sous ses yeux.

Du même coup, il se dit que la jeune Cécile Folendieu devait être au courant de ce qui se tramait dans le château. Sinon, elle ne l'aurait pas aiguillé sciemment sur la fausse piste de l'escalier menant au premier étage.

– Venez… dit simplement Thierry Villequier, en s'engageant dans le passage.

Boris Corentin le suivit et Maude ferma la marche. Du coin de l'œil, il vit la jeune femme enfoncer un petit bouton de bakélite rouge, encastré dans la paroi. Aussitôt, avec le même bruit de frottement, le miroir revint à sa place initiale, et Boris constata qu'il s'agissait en fait d'une glace sans tain, permettant de voir ce qui se passait à l'intérieur de la salle de bains «publique». Ceci, sans doute, se dit-il, pour éviter que quelqu'un ne surgisse du passage secret alors qu'une personne non prévenue se trouverait là.

Après le coude à angle droit vers la droite, ils parcoururent encore deux ou trois mètres avant de se trouver face à une porte qui n'était pas fermée à clé. Ils débouchèrent dans une pièce assez petite, tendue de rouge et peu éclairée, qui ressemblait à la partie «bar» d'une boîte de nuit intimiste. Sans aucune fenêtre, avec juste une seconde porte sur la droite, elle était vide de tout occupant humain.

De la musique «jazzy cool» frappa les oreilles de Boris Corentin, semblant venir d'une autre pièce, située plus avant. Il lui sembla également percevoir, mais très assourdis, les échos de plusieurs voix.

– Peu de gens peuvent se flatter d'avoir pénétré dans cette partie du château… murmura Maude à sa gauche. Nous l'avons fait aménager nous-mêmes, en prenant le maximum de précautions. Mais suivons Thierry, vous allez voir…

Ils passèrent dans une seconde pièce, comprenant une minuscule piste de danse et des petits canapés, des fauteuils, des poufs. La musique étant un peu plus forte ici, on se serait vraiment cru dans une boîte de nuit. Ou encore, songea Corentin, dans l'antichambre, le «sas» d'une boîte pour couples échangistes relativement haut de gamme.

Juste à droite se trouvait une porte nantie d'un petit écriteau «privé». Et, en face, une autre, dépourvue de battant, que Thierry Villequier était déjà en train de franchir. Maude entraîna Corentin à sa suite.

Cette fois, Boris comprit qu'ils étaient dans le «saint des saints». Ils se trouvaient dans une très grande pièce. Ou, plus exactement, dans une succession de petites pièces sans porte, disposées en étoile, reliées entre elles et toutes ouvertes les unes sur les autres. Certaines étaient meublées d'un canapé, mais d'autres comportaient carrément un immense lit dépourvu de literie. «Baisodrome» fut le mot qui vint spontanément à l'esprit de Boris Corentin.

Mais, la seconde suivante, tout fut balayé dans son esprit par le spectacle sur lequel ses yeux venaient de se poser. Le double spectacle, pour mieux dire.

Dans la plus spacieuse des pièces ouvertes sur la partie commune où ils se trouvaient, les Villequier et lui, il y avait deux lits au lieu d'un, plus un grand canapé. Dans ce dernier se tenaient assis deux filles et un garçon.

Aucun des trois ne devait avoir plus de 16 ans, et ils étaient entièrement nus. L'une des deux filles, blonde et au ravissant corps de nymphette, tenait dans la main droite le sexe tendu du garçon et le masturbait doucement. Pendant ce temps, l'autre fille, une rousse aux cheveux coupés très courts et à la poitrine minuscule, faisait aller et venir ses doigts à l'intérieur de son propre sexe, une jambe négligemment passée par-dessus l'accoudoir du canapé.

Mais le véritable spectacle, celui qui était à deux doigts de faire douter Boris Corentin de sa raison, se déroulait sur les deux lits disposés côte à côte.

Sur l'un, lui aussi nu comme un ver, à genoux, Aimé Brichot était occupé à sodomiser une grande brune à quatre pattes devant lui, dont la lourde poitrine ballottait sous elle au rythme des coups de reins qu'il lui infligeait. Elle aussi semblait avoir une quinzaine d'années.

Pendant ce temps, sur le lit voisin, allongée sur le dos et les jambes ouvertes, Géraldine Hébert se faisait lécher le sexe par un adolescent blond, dont le visage disparaissait entre les cuisses rondes de sa partenaire. Et à en juger par les soupirs et les sanglots qui s'échappaient de sa gorge, Géraldine avait l'air de trouver le traitement à son goût.

Totalement égaré par ce que ses yeux transmettaient à son cerveau, Boris Corentin se dit qu'il était en train de devenir fou et qu'il fallait qu'il sorte d'ici. Il pivota rapidement sur lui-même et bondit en direction de la première pièce, celle où débouchait le passage secret.

Il fut rattrapé par Thierry Villequier au moment où il traversait le « sas », c'est-à-dire la pièce séparant la salle principale du bar et du passage dérobé.

– Eh bien ! qu'est-ce qui vous arrive, Lionel ? s'enquit le producteur, sur un ton plus amusé qu'autre chose. Ne me dites pas que ces jeunes gens vous font peur !

Corentin le regarda sans paraître comprendre ce qu'il venait de lui dire. Il roulait des yeux égarés et une fine pellicule de transpiration couvrait son front et ses tempes.

– Mais *eux* ! finit-il par balbutier d'une voix très sourde. Comment peuvent-ils faire ça, *eux* ?

– Eux ? Eux ? Mais qu'est-ce que vous me chantez, avec vos « eux » ? s'exclama Villequier en riant. Allons, venez, ne soyez pas stupide…

Corentin se laissa docilement entraîner vers la grande pièce. Sur le canapé, la situation était inchangée. En revanche, à présent, l'un des deux lits était vide. Sur l'autre, la fille brune aux gros seins se faisait vigoureusement pénétrer par l'adolescent blond allongé sur elle.

Quant à Aimé Brichot et Géraldine Hébert, ils avaient tout bonnement disparu.

– Mais où sont-ils ? demanda Corentin, qui dut s'appuyer sur le mur recouvert d'une épaisse tenture.

– Qui donc ? s'enquit aimablement Maude Villequier, en lui adressant un sourire plein de sollicitude.

Boris la regarda comme si elle venait brusquement de tomber d'une autre planète juste devant lui :

– Comment ça, qui donc ? cria-t-il, d'une voix qui

dérapa vers les aigus. Mais *eux*, voyons ! Mes coéquipiers !

Maude et Thierry Villequier éclatèrent de rire en même temps. Corentin, toujours appuyé à la paroi, eut l'impression qu'il y avait quelque chose de démoniaque dans ce double rire ; et, de nouveau, il fut pris d'une irrésistible envie de fuir sans plus se préoccuper de rien.

– Les gens viennent, les gens vont, finit par dire Maude, d'un ton insouciant. Quelle importance ?

Boris Corentin tressaillit violemment lorsque Thierry Villequier le prit par le bras.

– Mon cher Lionel, dit-il sur un ton d'autorité, il est évident que vous n'avez pas la tête à batifoler avec ces charmantes demoiselles, qui pourtant n'attendent que cela ! Venez, nous allons prendre un verre tranquillement à côté : j'ai encore deux ou trois choses à vous dire…

Les deux hommes repassèrent dans la petite pièce précédente, suivis par Maude. Au moment de s'asseoir dans l'un des canapés, Villequier dit à sa femme :

– Ma chérie, tu ne nous déboucherais pas une bouteille de champagne ? Il me semble que cela nous ferait un bien fou à tous les trois !

– Les désirs de mon seigneur et maître sont des ordres ! plaisanta la jeune femme, en disparaissant dans la pièce suivante, où se trouvait le petit bar.

Thierry Villequier attendit qu'elle soit sortie pour se tourner vers Boris Corentin. Il avait repris tout son sérieux.

– Mon cher Lionel, je… Mais dites-moi : il serait peut-être temps que vous récupériez votre véritable identité, *Monsieur Boris Corentin* ! Qu'en pensez-vous ?

– En effet… parvint à dire ce dernier, qui avait l'impression de se noyer mais d'être le seul à s'en rendre compte.

– Donc, mon cher Boris, comme vous l'avez sans doute compris, il n'y a plus aucune raison de cacher quoi que ce soit à vos deux coéquipiers : eux aussi, tout comme vous, ont parfaitement compris où était leur intérêt. Et que des gens de votre valeur n'avaient aucune raison de croupir plus longtemps dans la police, où il n'y a que des coups à prendre et pas d'argent à récolter, ou si peu !

Boris Corentin ouvrit la bouche pour protester. Mais, au même moment, il fut bien obligé de s'apercevoir et d'admettre qu'au fond de lui-même il était tout à fait d'accord avec ce que venait de dire Thierry Villequier.

Il essaya bien de s'en étonner, et même de s'en scandaliser, mais il y renonça aussitôt.

– Évidemment, reprit l'homme de télévision, il serait pour le moins maladroit – et dangereux – que nos petits accords parviennent à des oreilles disons… peu compréhensives. C'est pourquoi il me paraît essentiel que vous continuiez à faire partie de la Brigade mondaine : c'est là que vous nous serez le plus utile. Votre ami Brichot l'a du reste fort bien compris.

– Oui mais… il y a Charlie Badolini… souffla

Boris Corentin, sans trop se rendre compte que, ce disant, il validait et acceptait tout ce que Villequier était en train de lui dire – et qui lui aurait paru monstrueux encore quelques jours plus tôt.

Thierry Villequier eut un petit geste insouciant de la main droite, tandis que sa femme faisait sa réapparition avec, dans les mains, un plateau d'argent supportant une bouteille dans son seau à glace et trois flûtes de cristal taillé.

Elle posa le tout sur l'une des petites tables qui parsemaient la pièce et, après avoir fait sauter le bouchon avec des gestes de professionnelle, elle remplit les trois flûtes.

– Badolini n'est pas un problème, balaya Villequier d'un ton calme mais sans réplique. D'abord, je suis certain que vous et vos deux coéquipiers, vous parviendrez très bien à l'endormir comme il convient…

Le producteur marqua une petite pause, avant d'ajouter sur un ton plus froid :

– Si jamais il se montrait par trop retors et fouineur, Steppe saurait très bien se charger de lui : les disparitions mystérieuses sont l'une de ses spécialités…

Du fond de l'épais brouillard dans lequel il avait l'impression d'errer, Boris Corentin s'aperçut que cette idée d'une élimination violente du commissaire divisionnaire ne le choquait absolument pas.

Même, il en était à se demander s'il ne serait pas plus simple de la mettre en œuvre *dès maintenant*.

Mais, en même temps, encore très faible, à peine

discernable, une petite voix venait de naître en lui, au plus profond de son cerveau. Qui lui disait que cette ignominie ne pouvait pas se réaliser, que c'était de la démence pure.

Et que c'était à lui, Boris Corentin, qu'il revenait de l'empêcher d'avoir lieu.

CHAPITRE XI

– Je crois que la camionnette arriver… murmura Oleg Stepanovitch Vassiliov, l'oreille tendue et le corps ramassé. Je reconnais bruit…

À son tour, Boris Corentin tendit l'oreille. Effectivement, il lui sembla percevoir un ronronnement de moteur, dans le lointain mais allant en se rapprochant.

Les deux hommes se trouvaient devant le pavillon situé à l'autre extrémité de la propriété des Villequier, et où était logé le Russe. On pouvait y accéder soit par l'entrée principale du domaine, en contournant le château par l'allée de gauche, soit par une grille plus modeste, donnant sur une minuscule route vicinale, à l'arrière.

Le bruit de moteur se rapprochait de plus en plus et, déjà, on distinguait par moments les lueurs des phares, à travers les grands arbres sombres.

Il était minuit passé de quelques minutes. Dans la camionnette, si c'était bien elle, se trouvaient quatre Roumaines, dont l'âge s'échelonnait de 14 à 16 ans. Thierry Villequier avait insisté pour que Boris Corentin accompagne Steppe pour réceptionner «la marchandise », selon le mot qu'il avait lui-même employé, avec un petit rire déplaisant.

Ces quatre filles devaient être la « nouveauté » proposée aux quelques invités des Villequier pour la soirée du lendemain. Soirée très privée, donc, ainsi qu'il l'avait expliqué sans aucune gêne à Corentin, puisqu'elle ferait intervenir les garçons et les filles qui se trouvaient à l'abri des regards indiscrets, dans la partie secrète du château. Plus les quatre filles que les deux « intendants » étaient en train d'attendre.

Le véhicule que l'on entendait passa le dernier virage et, presque aussitôt, se mit à ralentir.

C'était bien la camionnette attendue.

Elle pénétra dans le domaine par la grille que Steppe s'était empressé d'ouvrir. Sitôt le moteur coupé et les phares éteints, le chauffeur en descendit. C'était un homme d'une trentaine d'années, très maigre et très blond, qui se mit aussitôt à parler en russe avec Steppe.

– Il dit les filles très agitées, expliqua ce dernier à Boris. Surtout une… Sauvage…

Les deux hommes se remirent à parler russe durant quelques secondes, puis le chauffeur de la camionnette alla ouvrir les portes arrière de celle-ci, suivi par les deux autres.

Boris Corentin découvrit quatre filles, trois brunes et une blonde, tassées au fond de la camionnette. Deux avaient l'air terrorisées, mais les deux autres – la blonde et l'une des brunes – avaient un regard farouche, et un rictus de rage haineuse déformait leurs bouches.

Le chauffeur cracha un ordre bref, dans une langue qui parut à Corentin être du roumain. Mais les filles ne bougèrent pas d'un millimètre. Le grand blond répéta son ordre plus fort, sans obtenir davantage de réactions.

Alors, avec une souplesse étonnante pour sa corpulence et son âge, Oleg Stepanovitch Vassiliov sauta à l'intérieur de la camionnette. Et, en quelques secondes, avec une rapidité et une brutalité inouïe, il projeta les quatre filles hors du véhicule, sans se soucier de leurs cris de peur et de protestation.

Il redescendit à leur suite et s'éloigna de quelques pas avec le chauffeur blond, laissant Boris Corentin se débrouiller avec les quatre filles, qui tournaient en rond, affolées, comme des poules qui viennent de repérer le renard dans leur enclos.

– Calmez-vous ! calmez-vous ! leur répétait-il d'une voix aussi apaisante que possible, tout en essayant vainement de les maintenir groupées devant la camionnette.

Mais, en même temps, il sentait une puissante exaspération prendre possession de lui, devant ces quatre filles qui ne faisaient vraiment aucun effort pour lui faciliter la tâche. Et, à sa propre stupéfaction, il devait faire de gros effort sur lui-même pour ne pas se précipiter sur elles et les gifler à toute volée. Il était littéralement *possédé* par la colère.

Brusquement, deux des filles firent un écart rapide vers l'arrière de la camionnette, comme si elles voulaient y remonter. De plus en plus furieux contre elles, Boris Corentin les rattrapa en trois enjambées et leur asséna une gifle à chacune. Pour leur apprendre à se tenir tranquilles.

Au même moment, il entendit une exclamation en russe. Se retournant, il comprit ce qui avait motivé ce cri de Steppe : l'une des autres filles, la brune au regard sauvage et au rictus haineux, était en train de prendre la fuite. Elle était déjà hors des limites de la propriété et avait traversé la moitié de la petite route déserte. Encore quelques enjambées et elle se trouverait à couvert des bois. Après, ce serait la croix et la bannière pour remettre la main dessus. D'autant qu'elle galopait avec la vivacité et la rapidité d'un petit animal !

Un calme étrange se fit en Boris Corentin. Brusquement, il sut ce qu'il allait faire et cela ne lui posa pas le moindre problème de conscience.

La seule chose qui importait, c'était d'arrêter cette fille, qui pouvait représenter un danger pour tout le monde, si jamais elle parvenait à s'enfuir.

Posément, Boris Corentin tira son arme de service de sa ceinture, tendit le bras, visa avec un grand calme, sans que sa main tremble, et fit feu.

La fille poussa un hurlement de douleur et roula dans le fossé, comme un lapin tiré par le chasseur.

Toujours parfaitement maître de lui-même, Corentin traversa la petite route, immédiatement suivi par Steppe. En arrivant près de la fille, qui à présent geignait sourdement, ramassée en boule, les traits déformés par la souffrance, les deux hommes constatèrent que son genou gauche n'était plus qu'une bouille sanguinolente de chairs et d'os éclatés.

– C'est dommage… dit le Russe avec un grand calme. Genou détruit… Elle va boiter toujours… Inutilisable… Quoi faire avec elle, maintenant ?

Boris Corentin se sentait lui aussi d'un calme parfait. Son esprit était tout entier tendu vers un seul objectif : faire en sorte que cette fille ne puisse pas nuire à ses patrons, qu'elle ne soit jamais en état de porter préjudice aux Villequier, qui avaient placé leur confiance en lui.

Pour cela, le mieux était encore de régler tout de suite la question de manière définitive.

Et c'était à lui de le faire.

Pour la deuxième fois en moins d'une minute, il tendit lentement son bras droit, au bout duquel se trouvait toujours son arme de service.

Et il tira.

Au moment où la tête de la Roumaine explosait sous la violence de l'impact, une sorte de voile se déchira dans le cerveau de Boris Corentin. Et, à la même seconde, alors qu'une minute plus tôt le ciel nocturne était constellé d'étoiles, il se mit à choir des trombes d'eau, avec la violence et la soudaineté d'un orage tropical.

Hébété, Boris Corentin laissa tomber son revolver à ses pieds. À moitié aveuglé par l'eau glacée qui ruisselait sur son visage, il se mit à marcher droit devant lui, le long de la petite route. Il entendit Vassiliov lui crier quelque chose, mais il eut l'impression bizarre que la voix du Russe lui parvenait de très loin, et il ne chercha même pas à comprendre ce qu'il lui disait, uniquement préoccupé d'avancer.

Il venait d'abattre froidement une pauvre fille sans défense, et déjà blessée par lui de surcroît.

Il avait l'impression que le monde était en train de s'écrouler autour de lui, avec la même puissance que la pluie qui tombait. Mais, en même temps, il ne parvenait pas à ressentir le moindre remords de ce qu'il venait de faire. Il trouvait son acte monstrueux, ou plutôt il *savait* qu'il était monstrueux, mais ça ne lui paraissait pas si grave.

En lui, une voix inconnue lui disait de ne pas s'en faire. Que tout allait s'arranger très bientôt. Et que la seule chose qui importait, c'était de marcher. D'avancer droit devant lui sans faiblir, et d'avancer encore. Alors, suivant cette voix comme un oracle, Corentin cessa tout à fait de penser...

Il ne sut pas combien de temps il avait marché. Mais, lorsqu'il s'arrêta enfin, la pluie avait cessé sans qu'il s'en rende compte, les étoiles étaient revenues.

Et il se trouvait devant le porche du 36 quai des Orfèvres.

CHAPITRE XII

Boris Corentin resta planté là durant plus d'une minute, en proie à une sorte de tempête intérieure. Il cherchait désespérément dans sa mémoire à reconstituer les événements, en leur donnant un semblant de suite logique.

Mais c'était tout à fait impossible.

Il était hors d'état de se souvenir comment il avait pu venir de Saint-Germain-en-Laye à l'île de la Cité sans même s'en apercevoir, sans en avoir conscience. Sans avoir non plus le moindre souvenir d'avoir pris pour cela le RER, ou un taxi, ou n'importe quel autre véhicule.

Il ne parvenait pas davantage à s'expliquer pour quelle mystérieuse raison il se retrouvait avec des vêtements parfaitement secs, alors qu'il avait pris des trombes d'eau sur la tête, en quittant le domaine des Villequier.

Ni comment le revolver qu'il avait laissé tomber à ses pieds, devant la propriété des Villequier avant de se mettre à marcher, se trouvait à présent à sa ceinture.

D'une démarche raide et un peu saccadée, Boris

Corentin pénétra sous le porche de la Police judiciaire. Lequel, bizarrement, n'était gardé par aucune sentinelle, contrairement à ce qu'il avait toujours vu.

De même, à l'intérieur du passage conduisant à la cour intérieure, il fut stupéfait de constater que le poste de garde, à droite, était absolument désert.

Du reste, aucun des bruits qui lui étaient familiers, même la nuit, ne se faisait entendre. Comme si tous les policiers avaient déserté ensemble leurs postes et que le grand bâtiment se retrouvait désert.

Il monta les deux étages le séparant des bureaux de la Brigade mondaine, sans rencontrer âme qui vive, ni percevoir le plus petit signe d'activité humaine.

Arrivé au second, il poussa les portes de plusieurs bureaux, et notamment celui de la grande salle des inspecteurs : rien, pas une âme qui vive.

Enfin, il pénétra dans celui des Affaires recommandées. Sans prendre la peine d'allumer la lumière, se fiant à sa connaissance parfaite des lieux, il alla s'asseoir derrière son bureau. Et, les deux coudes sur le plateau, se prit la tête entre les mains, comme pour tenter de calmer le bouillonnement grandissant qui se produisait à l'intérieur.

Depuis qu'il avait pénétré sous le porche, il sentait qu'il se produisait quelque chose de nouveau en lui. Comme si *quelqu'un*, ou peut-être *quelque chose*, tentait de reprendre le contrôle sur sa vie, essayait de la remettre sur des rails un peu plus acceptables et ordinaires.

Le problème, pour l'instant, était qu'il se sentait hors d'état de contrôler quoi que ce soit de ce qui se produisait en lui. C'était une sorte de combat, lointain, profond, dont lui-même n'était que le théâtre et non l'un des acteurs.

Malgré tout, se retrouver ici, dans ce bureau familier, lui faisait un certain bien. Il avait la certitude – encore bien vague, hélas... – qu'il n'allait pas tarder à reprendre pied sur un terrain moins mouvant que celui sur lequel il avait l'impression de se déplacer, ou plutôt de s'engluer, depuis quelques jours – des jours qui lui semblaient une éternité.

Boris Corentin se leva et après avoir arpenté le bureau plongé dans une semi-pénombre, alla se planter devant la fenêtre donnant sur le quai et la Seine. Au dehors, tout avait pourtant l'air normal, habituel. Pourquoi fallait-il que lui ait l'impression que rien ne marchait droit dès qu'il se trouvait concerné ? Pourquoi ses familiers – Badolini, Géraldine, la famille Brichot... – avaient-ils ces réactions de défiance et d'hostilité envers lui ? Et pour quelles raisons mystérieuses lui-même s'était-il livré à des actes qui lui auraient été parfaitement impensables il y a encore peu de temps ?

À quel moment le réel avait-il commencé à déraper ? Quand s'était-il mis, lui, Boris Corentin, à perdre le contrôle de lui-même à ce point ?

Il vint se rasseoir à son bureau, animé d'une énergie nouvelle. Il ne fallait pas qu'il s'embarrasse de ce genre de questions. Pas encore. Plus tard. Pour le moment, l'important n'était pas de savoir pourquoi les choses se passaient de cette manière étrange et effrayante, mais de faire en sorte qu'elles se remettent à aller dans leur ordre de marche habituel.

La solution était en lui. Il le sentait.

Il ne voyait pas encore bien quel type d'effort il était supposer produire pour sortir de ce piège insaisissable, mais il était certain, à présent, que tout dépendait de lui.

Et, même, il se sentait très proche d'y parvenir. Presque comme s'il apercevait la lumière au bout d'un long tunnel. Il fallait avancer, avancer encore. . .

Boris Corentin se leva une nouvelle fois de son fauteuil. Cela ne servait à rien de rester terré ici, dans ce bureau, sous prétexte qu'il lui était familier.

Il fallait au contraire affronter le monde extérieur, car là se trouvait la solution. Et, même, il lui fallait retourner la chercher au point le plus dangereux de la tempête dans laquelle il était pris : dans l'entourage des Villequier eux-mêmes, au cœur de leur maudit château.

Puisque tout était parti de là, c'est également là qu'il trouverait la solution qu'il cherchait maintenant avec avidité et une rage contenue.

Tandis qu'il descendait l'escalier rejoignant le porche, Boris Corentin eut un sentiment diffus de bizarrerie. Sur le coup, il ne comprit pas en quoi il consistait, il ne perçut pas ce qui avait changé depuis son arrivée.

Il réalisa seulement lorsqu'il franchit le porche en direction de la sortie du 36 : la « Grande maison » bruissait de nouveau de ses bruits et murmures habituels. Au poste de garde, les permanents de la nuit étaient de nouveau à leur place. Dans la cour, une voiture de service était occupée à manœuvrer pour foncer vers l'extérieur.

Bref, il y avait comme un début de retour à la normale. Et Boris Corentin sut, avec une certitude inébranlable, bien que mystérieuse, que, désormais, tout allait s'accélérer.

Chapitre XIII

Boris Corentin pénétra dans le salon bleu, par la porte latérale, celle qui donnait directement dans le couloir, au lieu d'y pénétrer par le grand salon de réception, où se pressaient les invités des Villequier.

La réception de ce soir était peut-être « privée », cela n'empêchait pas les Villequier d'avoir invité plus d'une vingtaine de personnes, deux tiers d'hommes et un tiers de femmes environ.

Plus les garçons et filles mineurs qui, cette fois, étaient bel et bien présents, et destinés à jouer un rôle éminent dans l'orgie qui se préparait.

Qui avait même déjà commencé, réalisa Boris Corentin en pénétrant dans le salon bleu. Sur le canapé principal de la pièce, était affalé un homme d'une cinquantaine d'années, la chemise et le pantalon largement ouverts. Entre ses cuisses grasses était agenouillée une adolescente brune et plutôt maigrichonne, qui lui léchait les testicules avec une application un peu morne. Pendant ce temps, l'homme suçait avidement le sexe fin et dur du très jeune homme qui se tenait devant lui, debout sur le canapé. Le tout sous le regard enflammé d'une blonde un peu grasse d'une quarantaine d'années, laquelle, un pied sur l'accoudoir du canapé, titillait son clitoris dardé du bout de son index droit, impeccablement manucuré.

Un peu plus loin, près des fenêtres obstruées par de lourdes tentures sombres, un acteur très connu du jeune cinéma français, pénétrait les reins de la petite rousse que Corentin avait vue, la veille, dans la partie secrète du château.

Mais, au moins pour le moment, Boris n'avait pas la tête à l'érotisme ni à la bagatelle en général. Lorsqu'il avait quitté son bureau du quai des Orfèvres, peu avant l'aube, il avait filé directement chez lui, rue de Turbigo, bien décidé à affronter ses problèmes de front.

La voiture de service était toujours là, le long du trottoir, à quelques mètres de son immeuble. Et avec toujours les deux mêmes jeunes inspecteurs à son bord, ce qui paraissait proprement incroyable. Boris Corentin s'était résolument dirigé vers eux et, de son index replié, avait frappé deux coups énergiques à la vitre, côté conducteur.

Décidé à avoir le cœur net, quant à ce qu'ils lui voulaient, à ce qui l'attendait.

Il avait été totalement pris de court par la réponse que lui avait faite le jeune inspecteur installé au volant, un blond, mince, au visage ouvert :

– Mais, Commandant... nous ne sommes absolument pas ici pour vous ! Qu'est-ce que vous êtes allé vous imaginer ?

Et sa voix et son ton et son regard avaient un naturel parfait, qui prouvait qu'il n'était pas en train de

« bourrer le mou » à son supérieur hiérarchique.

– Mais alors… Qu'est-ce que vous faites là, depuis trois jours ? avait demandé Boris Corentin, d'un air éberlué. Et pourquoi n'êtes-vous jamais relevés ?

– Secret de l'enquête, Commandant ! avait répondu l'autre d'un ton plus sec, avant de remonter sa vitre, sans laisser le temps à Corentin de poursuivre.

Il en était resté interloqué. Aimé Brichot lui avait pourtant bien affirmé qu'il avait les types de l'IGS aux trousses : qu'est-ce que c'était encore que cette histoire ?

Il avait néanmoins rapidement classé l'affaire dans un coin de son esprit, pour plus tard : il avait des chats autrement plus importants à fouetter.

Après avoir dormi durant une bonne partie de la journée, il avait repris la route de Saint-Germain-en-Laye, où les époux Villequier l'avaient convié à leur « soirée spéciale », ainsi qu'ils désignaient pudiquement leurs orgies où intervenaient des garçons et filles mineurs.

Les invités n'étaient pas encore là, à son arrivée. Et Boris Corentin en avait profité pour solliciter une entrevue auprès de Thierry Villequier. Celui-ci l'avait reçu, comme les autres fois, dans la splendide bibliothèque.

– Je tenais à vous dire que j'étais vraiment désolé, à propos de ce qui s'est passé cette nuit… avait attaqué d'entrée de jeu Corentin, avant même de s'asseoir.

Villequier, un verre de vodka à la main, avait eu l'air totalement décontenancé :

– Cette nuit ? avait-il répété. Mais qu'est-ce qui

s'est passé, cette nuit, mon cher Boris ?

Ce fut au tour de ce dernier de se retrouver embarrassé. Il poursuivit néanmoins :

– Eh bien, mais… L'arrivée des quatre filles, au pavillon… Qui ne s'est pas très bien passée… Steppe a bien dû vous dire que j'avais dû… Enfin que l'une des filles était morte, et que j'avais un peu perdu les pédales…

Thierry Villequier avait l'air de comprendre de moins en moins ce qu'on tentait de lui raconter.

– Mais non, Steppe ne m'a absolument rien dit ! finit-il par répondre. Quant à ces filles dont vous me parlez, je pige encore moins : aucun arrivage n'était prévu avant au moins deux semaines, à ce que je sache ! À moins qu'il ait eu une occasion inattendue et qu'il ait bidouillé tout ça sans m'en parler, mais ça m'étonnerait beaucoup ! Et vous dites que, cette nuit, une fille est morte ? C'est tout simplement incroyable : il m'en aurait obligatoirement parlé, enfin !

– Il n'y a qu'à lui demander… suggéra Boris Corentin, qui sentait qu'il était à nouveau en train de perdre pied.

– Impossible, il est absent jusqu'à demain ! trancha Villequier d'un ton parfaitement tranquille.

– On peut peut-être l'appeler…

– Pas de portable ! Il a horreur de ça, je n'ai d'ailleurs jamais compris pourquoi…

Thierry Villequier eut un petit geste insouciant, et un sourire ironique se dessina sur ses lèvres :

– De toute façon, je suis bien persuadé qu'aucune fille n'est arrivée cette nuit ici ! Vous vous faites des idées. Ou vous avez fait un mauvais rêve. Ou bien vous me montez carrément un bateau, ce qui serait d'un goût douteux !

Il avait dit cette dernière phrase d'un ton un peu plus sec, et son sourire s'était évanoui. Il ajouta :

– Du reste, si vous voulez, rien de plus simple que de faire un tour dans les appartements de ces jeunes gens : vous verrez bien qu'il n'y a pas de nouvelles arrivantes…

C'est en effet ce qu'ils avaient fait aussitôt. Et Boris Corentin avait bien dû constater qu'en effet, hormis les filles et garçons qu'il avait déjà vus la veille, il n'y avait aucune nouvelle tête dans la partie secrète du château, et certainement pas celles des filles qu'il pensait avoir « réceptionnées » la nuit précédente.

Depuis, la même question le taraudait : est-ce qu'il avait rêvé ou pas ? Était-il un assassin de sang-froid ou non ? Sa raison lui soufflait que non, que ce n'était pas possible qu'il ait tiré deux balles sur cette pauvre fille, la première dans le genou et la seconde en pleine tête.

Mais, depuis quelques jours, il avait appris à se méfier de ce que lui soufflait sa raison, dans la mesure où elle était presque systématiquement contredite par les événements qui se produisaient autour de lui…

Un long soupir rauque, à sa gauche, fit tourner la tête à Boris Corentin. L'adolescent debout sur le canapé était en train de jouir à longs traits dans la bouche du gros homme dépenaillé, lequel le buvait avidement, les mains agrippées à ses petites fesses rondes et musclées.

Dès que son partenaire eut quitté la place, le quinquagénaire saisit son propre sexe dressé à pleine main et se mit à l'agiter furieusement, cependant que l'adolescente rousse continuait de lui lécher méthodiquement les bourses.

Il éjacula presque tout de suite, zébrant le visage et les cheveux de l'adolescente de longues traînées de sperme blanchâtre et très épais.

– Ça fait du bien ! commenta-t-il sobrement à l'adresse de Corentin, avant de repousser sans ménagement sa partenaire afin de se rajuster rapidement.

– Ah, Boris, vous êtes là ! fit alors une voix féminine familière dans son dos. Je me demandais où vous étiez passé : on vous cherche partout, Samantha et moi…

Corentin se retourna et se retrouva nez à nez avec Maude Villequier, qui tenait par la main l'adolescente brune, à gros seins, qu'il avait vue – ou cru voir… – lécher goulûment le sexe de Géraldine Hébert, la veille.

L'adolescente était vêtue d'une longue tunique blanche, qui fit immédiatement penser Corentin à une robe sacrificielle. Comme elle était plus que translucide, il distinguait sans effort la lourde poitrine un peu tombante, agrémentée de larges aréoles roses aux pointes dressées, ainsi que le triangle noir et fourni qui ornait la jonction de ses cuisses pleines et blanches. Elle se tenait immobile, la tête légèrement penchée sur l'épaule gauche, le dévisageant avec un sérieux presque surnaturel. Elle ne devait pas avoir beaucoup plus que 15 ans…

De son côté, Maude Villequier portait une jupe ample et violemment colorée, genre « gitane », retenue très bas sur ses hanches, et rien d'autre. Ses petits seins bien ronds défiaient orgueilleusement la loi de la pesanteur, et elle aussi avait les mamelons en pleine érection.

– Figurez-vous, mon cher, que cette jeune personne vient de m'exprimer le désir d'être baisée par vous ! reprit la maîtresse de maison, sur le ton de la conversation. Comme, j'ai moi-même très envie qu'elle me fasse jouir avec sa langue, dont elle est paraît-il fort habile, si j'en crois ce que m'en a dit mon amie Claire tout à l'heure, j'ai pensé que nous pourrions passer un agréable moment tous les trois. Qu'en pensez-vous ?

Ce disant, elle s'était avancée vers Corentin, en tenant toujours la jeune Samantha par la main, laquelle la suivit docilement. Au moment de son « qu'en pensez-vous ? », elle posa sa main sur sa braguette et entreprit de lui masser doucement le sexe, à travers la toile fine de son pantalon.

Instantanément, Boris sentit ses sens s'embraser, avec une soudaineté et une force presque irréelles. Toutes les questions qui l'agitaient encore une seconde avant disparurent en même temps de son esprit, lequel ne fut plus occupé que par un désir taraudant, un besoin de sexe auquel il comprenait qu'il était hors de son pouvoir de résister.

La main de Maude continuait de palper sa verge,

laquelle grossissait et durcissait à une vitesse incroyable, et dans des proportions qui lui semblaient impossibles.

– Cécile m'a dit ce matin que vous aviez une très grosse queue : je crois qu'elle ne s'est pas trompée, cette petite cochonne ! gloussa Maude Villequier. Mais nous allons voir ça de plus près…

Elle lâcha la main de l'adolescente pour s'attaquer plus facilement à la ceinture et à la fermeture Éclair de Corentin. Elle ne put retenir un petit cri d'admiration mêlé de frayeur en découvrant l'invraisemblable matraque de chair qui venait de jaillir à l'air libre.

Boris lui-même contemplait avec des yeux incrédules, presque inquiets, le pieu énorme qui sortait de son ventre. D'accord, ses nombreuses partenaires s'étaient presque toutes accordées à dire, par le passé, que la nature l'avait généreusement doté, mais jamais encore il ne s'était vu un membre de cette taille et de cette grosseur. Ça en devenait presque anormal !

– Qu'est-ce que tu dis d'un engin pareil, Samantha ? demanda joyeusement Maude, en enroulant ses doigts autour de la hampe, sans parvenir à en faire le tour complètement.

– Il va me tuer… murmura l'adolescente, les yeux rivés sur l'énorme chose que Maude Villequier manipulait avec une sorte de ferveur et d'emportement.

Mais, disant cela, il n'y avait nulle trace de peur ni d'appréhension dans la voix de la petite brune. Au contraire, elle exprimait une sorte de désir farouche, primordial, pour ce membre à présent pointé droit sur elle.

Le comprenant aussi bien que Boris lui-même, Maude lâcha la virilité qu'elle manipulait avec art et posa la main de l'adolescente dessus. Aussitôt, Samantha se mit à le masturber avec lenteur, presque recueillement, et sans parvenir à en détacher ses regards.

Elle n'eut aucune réaction particulière de défense lorsque Maude Villequier entreprit de la débarrasser de sa « robe sacrificielle ». Au contraire, dès qu'elle fut nue, elle entreprit de se serrer contre le corps de Boris, écrasant sa poitrine lourde contre lui et emprisonnant son énorme sexe contre son ventre à elle, tout en continuant de le caresser par un subtil mouvement ondulant de son bassin.

Corentin, littéralement possédé par son désir, l'entoura de ses bras et referma ses mains sur ses fesses amples. Aussitôt, l'adolescente se cambra, comme pour l'inviter à explorer le profond sillon qui séparait ses fesses.

Pendant ce temps, Maude Villequier s'était débarrassée de sa jupe. Elle se rapprocha du couple enlacé et sa main rejoignit celle de Boris sur la croupe de leur jeune partenaire. Mais elle ne se contenta pas d'en caresser la peau délicate, glissant ses doigts dans la profonde vallée qui séparait les fesses, elle perfora sans douceur le petit anneau plissé niché entre elles, provoquant un petit sursaut chez Samantha. qui, pourtant, ne chercha pas à se dérober à cette intrusion.

– Tu crois que tu vas arriver à le sucer ? s'enquit la maîtresse de maison, sur un ton parfaitement mondain.

La petite brune tourna lentement la tête vers elle et lui répondit avec beaucoup de sérieux :

– Je ne sais pas, Madame… Je vais essayer…

Et, en effet, elle se laissa tomber à genoux devant Boris Corentin. Puis, elle empoigna son membre congestionné à deux mains et le dirigea vers sa bouche.

Elle eut beaucoup de difficulté à introduire l'énorme gland entre ses lèvres, mais enfin elle y parvint.

– Branle-moi, en même temps ! lui ordonna alors Maude, d'une voix plus rauque.

Sans lâcher la virilité qui encombrait sa bouche, Samantha glissa sa main gauche entre les cuisses de la maîtresse de maison. Au soupir satisfait que celle-ci poussa, Boris Corentin comprit que les doigts de l'adolescente avaient atteint leur objectif. Et, en effet, baissant les yeux, il les vit s'agiter à l'intérieur du triangle blond méticuleusement taillé qui ornait le haut des cuisses de Maude.

Cette dernière, respirant de plus en plus vite et fort, se laissa aller contre le corps athlétique de Boris et lui saisit les testicules à pleines mains pour les malaxer avec une sorte de fièvre.

– Elle va me faire jouir, cette petite pute, si elle continue comme ça ! haleta-t-elle, en frottant sa joue contre les pectoraux de Boris Corentin. Et toi ? Elle te suce bien ?

– Je… J'ai peur de ne pas tenir très longtemps non plus… souffla Boris, en empoignant les fesses de sa voisine, qu'elle lui abandonna complaisamment.

– Non, non, je ne veux pas qu'on prenne notre pied comme ça ! s'écria soudain Maude Villequier, en s'arrachant à la double pénétration qu'elle subissait, de la part des doigts de Samantha et de ceux de Boris.

Elle se laissa tomber à genoux puis, pivotant sur elle-même, se laissa rouler sur le dos, en ouvrant très largement ses cuisses fines et nerveuses.

– À quatre pattes, petite cochonne ! ordonna-t-elle d'une voix sourde à Samantha. Viens me lécher la chatte, ma chérie ! Fais-moi jouir avec ta langue…

Toujours aussi docile, l'adolescente abandonna la verge palpitante de Boris et, lui tournant le dos, prit la position qu'on exigeait d'elle, présentant à Corentin le spectacle affolant de sa croupe offerte, superbement cambrée, dont le profond sillon laissait entrevoir le fruit corallin de son sexe, à demi enfoui sous sa toison bouclée et noire.

– À toi, maintenant : baise-la comme elle le mérite ! haleta Maude, au moment où les lèvres de Samantha plongeaient au cœur de sa fournaise intime. Défonce-lui sa petite chatte de pisseuse avec ton gros machin !

À cet instant, Boris Corentin vit un couple pénétrer dans le salon bleu et s'approcher de leur petit groupe, l'œil allumé par le spectacle qu'ils offraient. Cela ne l'empêcha pas de s'agenouiller derrière l'adolescente, de l'empoigner par les hanches et, après un léger tâtonnement, de faire pénétrer son membre énorme dans le petit abricot lisse et humide qu'elle tendait à son assaut.

Lorsqu'il dilata son intimité, Samantha eut un

brusque sursaut de tout le corps, mais elle ne chercha nullement à se dérober au membre qui la transperçait irrésistiblement. Au contraire, elle n'en lécha le sexe ouvert de Maude qu'avec plus d'ardeur encore.

Du coin de l'œil, Boris vit l'homme du couple arrivant saisir sa verge et commencer de se masturber lentement, cependant que la femme – une blonde mince, au regard fiévreux – disparaissait de son champ de vision.

L'instant d'après, il la sentit frôler sa hanche, tandis qu'il continuait de besogner Samantha avec de plus en plus d'ardeur, s'enfonçant avec délices dans le puits soyeux et étroit de son ventre. Il eut un petit sursaut lorsqu'il sentit quelque chose de chaud et d'humide s'insinuer entre ses fesses. Il ne lui fallut qu'une seconde ou deux pour comprendre ce qui était en train de lui arriver.

La fille blonde venait d'introduire sa langue au plus intime de lui-même. Pour la plus audacieuse des caresses…

Chacun, dans le petit groupe enchevêtré qu'ils formaient était désormais perdu dans son délire érotique. Pourtant, malgré ce « cloisonnement », ils réussirent l'exploit de jouir quasiment tous les cinq en même temps.

Ce fut d'abord l'adepte des plaisirs solitaires qui, avec un grognement sourd projeta plusieurs giclées de sperme sur le dos de Samantha. Il fut suivi aussitôt par Maude. Sous le fouet de l'orgasme, celle-ci se mit à grincer des dents et referma ses cuisses avec force, au risque d'étouffer l'adolescente qui lui dévorait littéralement le sexe.

Mais très vite, celle-ci se redressa en hurlant comme une louve : Boris venait d'exploser dans son ventre en fusion, déclenchant son propre orgasme.

Enfin, pour conclure ce quintette sauvage, la blonde qui léchait les fesses de Corentin avec ardeur succomba au plaisir que ses propres doigts s'acharnaient à lui donner.

Lorsque Boris Corentin roula sur le dos, littéralement fauché par l'orgasme, la blonde se précipita sur son sexe luisant de sécrétions diverses et entreprit de le lécher avec passion, pour ne pas dire avec voracité.

Tournant la tête, il vit que Samantha s'était pelotonnée dans les bras de Maude, qui lui caressait doucement les seins. Tandis que, de l'autre main, elle s'employait à redonner force et vigueur au membre de l'autre mâle du groupe, le compagnon de la femme blonde.

Boris Corentin ferma les yeux, pour mieux savourer les dernières vagues du plaisir qui refluait rapidement en lui. Dormit-il ? Il n'en eut pas la moindre conscience. Il aurait même été prêt à parier que non.

Pourtant, lorsqu'il ouvrit les yeux, après un temps qui avait paru n'excéder pas quelques secondes, il dut bien constater qu'il était seul dans le salon bleu et que ses « camarades de jeu » avaient tous disparu.

Il se rhabilla avec des gestes lents, comme quelqu'un qui est encore mal éveillé de sa nuit. Du reste, Boris Corentin se sentait réellement très fatigué. Un peu comme s'il venait de passer toute une nuit à s'ébattre sans s'économiser avec deux ou trois créatures déchaînées et avides de sexe.

Du grand salon de réception, dont la double porte était fermée, lui parvenaient différents sons, notamment des râles et des soupirs qui semblaient indiquer que, là aussi, l'orgie battait désormais son plein.

À ce moment, une sorte de petite lumière s'alluma au fond de son cerveau. Quelque chose comme une ampoule d'alarme, mais qui n'avait rien d'inquiétant. au contraire : elle semblait plutôt représenter une sorte de guide. Elle l'attirait vers cette porte fermée, celle qui communiquait avec le grand salon.

Boris Corentin se mit à marcher dans sa direction. La porte n'était qu'à six ou sept mètres de lui, mais il crut qu'il n'y parviendrait jamais, tant ses jambes étaient lourdes, tellement il se sentait fatigué.

Brusquement, il comprenait ce que peut vivre un vieillard de 90 ans lorsqu'il est obligé de se mouvoir. Il n'avait mal nulle part, mais chaque mouvement, chaque geste lui coûtaient un effort presque surhumain.

Enfin, il parvint à la porte et l'ouvrit. La première chose qu'il perçut, ce fut la bouffée de chaleur moite, saturée d'odeurs animales, qui lui sauta au visage. Il faillit reculer, pour se réfugier dans la fraîcheur relative et bienfaisante du salon bleu. Mais la petite lumière, à l'intérieur de sa tête, rougeoyait avec de plus en plus d'insistance et le poussait à avancer, malgré sa répugnance à le faire.

Boris Corentin pénétra dans le salon.

D'abord, il ne distingua rien de précis, tant son

regard était sollicité de toute part, attiré par tel couple en train de se posséder, par tel groupe de personnes aux membres entremêlés, puis aussitôt par tel autre.

Une femme brune d'une quarantaine d'années, entièrement nue et le visage écarlate, vint se coller contre lui et plaqua d'entrée de jeu sa main sur son sexe.

– Tu vas me baiser, grand sauvage ! gronda-t-elle, en frottant son sexe entièrement épilé contre sa cuisse. Hein, dis ? Tu vas me baiser avec ta grosse queue ?

Boris Corentin la repoussa gentiment. Et le simple geste qu'il fit pour cela lui coûta un effort musculaire terrible. Heureusement, la brune n'insista pas et disparut instantanément de son champ de vision.

De toute façon, depuis une seconde, Boris Corentin ne voyait plus rien. Plus exactement, il ne voyait rien d'autre que ce qui venait d'attirer son regard.

Au centre du salon, sur une sorte d'estrade circulaire, se trouvait un lit. Un lit prévu pour une seule personne, fait de tubulures métalliques articulées entre elles de façon visiblement complexe, et dont le matelas était recouvert d'une simple housse de drap blanc.

Ce lit baignait dans un halo de lumière blanche, assez crue, dont il était impossible de déterminer d'où elle pouvait bien venir. Comme si elle se générait elle-même. Ou comme si c'était le lit qui la produisait.

Mais le plus étrange était peut-être que personne ne semblait s'en préoccuper. Ou, pour mieux dire, personne ne semblait décider à s'en approcher.

Le salon était jonché de corps enchevêtrés, très proches les uns des autres. Mais aucun des participants à l'orgie en cours ne se trouvait à moins de deux mètres du lit central. Si bien que ce vide formait comme une seconde estrade, immatérielle mais, justement pour cela, presque inquiétante.

Dans le cerveau de Boris Corentin, la petite lumière avait pris une intensité nouvelle. Et elle paraissait vouloir le tirer vers ce lit. Auquel d'ailleurs il aspirait maintenant de toutes ses forces, tellement la fatigue qui l'accablait depuis un moment lui était devenue insupportable.

Oui, c'était cela qu'il fallait faire : aller s'allonger sur ce lit miraculeusement disponible et dormir... Dormir enfin... Dormir et surtout oublier...

Boris Corentin allait mettre son projet à exécution lorsqu'une petite main fraîche et douce se coula dans la sienne. Il tourna la tête vers la droite.

C'était Cécile Folendieu, qui, visage levé vers lui, le regardait avec une douceur à laquelle se mêlait une grande tristesse, une tristesse sans remède.

– Ne faites pas ça, lui dit-elle d'une voix qui semblait ne pas sortir de sa bouche, mais prendre naissance à l'intérieur même du cerveau de Boris Corentin. Si vous vous couchez sur ce lit, vous allez basculer dans un autre monde... Et vous ne pourrez jamais revenir dans celui-ci... Plus jamais...

Corentin ne trouva rien à répondre à la jeune fille. Elle semblait si convaincue par les paroles qu'elle venait de prononcer... Et si triste aussi...

Il regarda de nouveau en direction du centre du salon. À présent, deux personnes se tenaient sur l'estrade. Debout, immobiles, et chacune d'un côté du lit.

C'était Aimé Brichot et Géraldine Hébert.

Mais ni l'un ni l'autre ne se préoccupait de lui. Leurs yeux étaient braqués en direction du lit qu'ils entouraient, avec une sorte d'intensité douloureuse.

Doucement, Boris Corentin lâcha la main de Cécile Folendieu et se mit à marcher en direction du lit. Elle ne fit rien pour le retenir.

Il eut l'impression qu'il mettait des heures à parcourir la dizaine de mètres le séparant de l'estrade. Sur son passage, les couples enchevêtrés s'écartaient comme par enchantement. À un moment, il se dit qu'il était comme Moïse écartant les flots de la Mer Rouge, et il eut envie de sourire.

Mais il n'y parvint pas.

Chaque pas était plus pénible que le précédent. Au bout de quatre ou cinq mètres, il fut contraint de faire glisser ses semelles sur le parquet, parce qu'il ne parvenait plus à soulever ses pieds du sol.

Arrivé enfin au pied de l'estrade, il fut contraint de s'aider de ses deux mains pour parvenir à s'y hisser, alors qu'elle ne devait pas faire plus d'une quinzaine de centimètres de haut.

Ni Aimé Brichot ni Géraldine Hébert ne firent le moindre geste pour l'aider. Ils continuaient à fixer la tête du lit sans paraître seulement s'être avisés de sa présence.

Enfin, Boris Corentin parvint au lit. Il s'y laissa tomber assis. Puis, au prix d'un ultime effort, il parvint à y allonger ses deux jambes et à poser ses bras le long de son corps. Enfin, il allait pouvoir dormir !

Il ferma les yeux.

Juste à cet instant, il entendit une voix masculine, inconnue mais très douce, dire :

– Je crois qu'il est en train de revenir…

Voulant savoir qui revenait, Corentin rouvrit péniblement les yeux. Il découvrit le buste d'un homme, vêtu d'une blouse blanche et penché à demi sur lui. Il essaya de tourner la tête mais n'y parvint pas.

– Ne bougez pas, Commandant ! lui intima doucement l'homme à la blouse. Pas encore, c'est trop tôt…

Boris se contenta de tourner les yeux à droite et à gauche. Ce fut pour constater qu'il n'était plus dans le grand salon des Villequier, mais dans une petite chambre d'hôpital ou de clinique, toute blanche.

C'est alors qu'il découvrit que Géraldine Hébert et Aimé Brichot, eux, étaient toujours de chaque côté de son lit.

Avant de refermer les paupières, il se demanda pourquoi tous les deux avaient à la fois un sourire de joie et de grosses larmes plein les yeux.

Chapitre XIV

Lorsque Boris Corentin s'éveilla pour la seconde fois, une quinzaine d'heures plus tard, sa première sensation, avant même d'ouvrir les yeux, fut la faim. « Je pourrais manger un bœuf ! », songea-t-il, sans s'apercevoir qu'il reprenait là une des expressions favorites de son père, mort depuis si longtemps.

Avant de desceller ses paupières, il fut ensuite pris d'une bouffée d'angoisse, brève mais intense : et s'il allait se retrouver au château des Villequier ?

Mais non : il était bel et bien dans cette chambre de clinique, ou d'hôpital, qu'il ne connaissait pas. En revanche, il s'y trouvait seul. Il se sentait un peu faiblard, physiquement, mais en pleine possession de ses moyens intellectuels. C'est en tout cas l'impression qu'il avait.

« J'aimerais tout de même bien savoir ce que je fous là et ce qui m'est arrivé… », se dit-il, avec un petit soupir.

Comme si on avait pu lire dans ses pensées, la porte de sa chambre s'ouvrit, pour laisser entrer l'homme à la blouse blanche qu'il avait déjà vu. Il était escorté par une infirmière brune, que Boris trouva plutôt gironde. « C'est bon signe : je dois reprendre du poil de la bête… », songea-t-il, plutôt amusé par sa réaction.

– Je vois que notre hôte a l'air d'aller beaucoup mieux ! claironna le médecin, avec ce ton trop enjoué qu'ils ont presque tous en présence de leurs malades. On va vérifier tout ça, pour commencer…

Température, tension, écoute du rythme cardiaque, etc. : les examens de routine habituels.

– La tension est encore un peu basse, mais sinon tout va bien, conclut le praticien, avec une petite grimace satisfaite. Encore quarante-huit heures de repos sous surveillance et vous galoperez comme un jeune poulain !

– Docteur, est-ce que ce serait trop vous demander que de m'expliquer ce que je fais ici ? finit par dire Corentin, à bout de patience.

Le visage du médecin se fit plus grave :

– Vos deux amis attendent dans le couloir : je pense qu'ils vous raconteront tout cela mieux que moi. Ils ne vous ont pratiquement pas quitté de ces trois jours, vous savez…

Donc, il venait de passer trois jours ici, dans ce lit. Sans en avoir aucune conscience. Mais qu'est-ce qui avait bien se passer pour qu'il en arrive là ? Il avait beau creuser sa mémoire, rien, absolument rien n'en sortait.

Sauf tout ce qui lui était arrivé chez les Villequier et ailleurs : ça, c'était d'une netteté parfaite. Mais avait-il vraiment vécu tout ça ? Ce semblait de moins en moins sûr…

Le médecin et l'infirmière sortirent de la chambre. Ils furent aussitôt remplacés par Aimé Brichot et Géraldine Hébert. Cette dernière se jeta littéralement sur Boris et l'étreignit avec une sorte de fougue… juste avant d'éclater en sanglots.

– Grand chef, je suis si heureuse ! hoqueta-t-elle, en le serrant contre elle à l'étouffer. Tu nous as foutu une de ces trouilles, tu peux pas savoir !

– Justement, j'aimerais bien savoir, Petit bonhomme… grommela Boris avec une ébauche de sourire.

Géraldine consentit enfin à s'écarter de lui. Lorsqu'elle lui sourit, Corentin fut très heureux de constater que la petite fossette de sa joue droite était « revenue »…

Aimé Brichot avait tiré l'unique chaise de la chambre près du lit et s'y assit, tandis que Géraldine posait une fesse sur le lit lui-même, de l'autre côté.

– Boris, tu viens de passer trois jours dans le coma, dont vingt-quatre heures entre la vie et la mort… annonça gravement son fidèle coéquipier, en tentant de masquer son émotion mais sans y parvenir tout à fait.

– Qu'est-ce qui m'est arrivé ?

– Tu ne te souviens vraiment de rien ? demanda Géraldine, avec de la déception dans la voix.

– Je me souviens de *beaucoup* de choses, rectifia Corentin. Mais, pour diverses raisons, je préférerais entendre d'abord ce que *vous* avez à me dire…

– O.K., allons-y, fit alors Aimé Brichot, en remontant machinalement ses lunettes du bout de l'index.

Est-ce que tu te souviens nous avoir appelés du château des Villequier pour nous dire que l'affaire se présentait mal, que tu n'avais trouvé ni drogue ni mineurs, et qu'on allait sans doute devoir replier le dispositif ?

– Oui, très bien, opina Corentin. Du reste, je vous ai rappelé environ une demi-heure plus tard pour vous dire qu'en effet, on repliait les gaules.

– Non, justement, tu ne l'as pas fait, répondit Géraldine. Et c'est même pour ça qu'on a commencé à s'inquiéter.

– Comme il nous semblait tout de même prématuré de baisser les bras aussi vite, enchaîna Brichot, j'ai essayé plusieurs fois de te rappeler dans la demi-heure qui a suivi : tu n'as jamais répondu. Et tu n'étais pas sur messagerie non plus ! Du coup, on a quitté le chemin où on était en planque pour s'avancer jusqu'à la grille du château.

– Et on a bien fait, parce que c'est juste à ce moment qu'on t'a vu sortir, dans une sorte de camionnette blanche, reprit Géraldine. Tu étais à la place passager et tu dodelinais de la tête d'une drôle de façon.

– Je n'ai aucun souvenir de tout ça… murmura Boris Corentin, d'une voix sourde.

– Pas étonnant, opina Brichot, l'air sombre. On a suivi la camionnette, mais on l'a perdue dans la forêt de Saint-Germain. Quand on l'a retrouvée, elle était sur une aire de repos, avec toi sur le siège et plus de conducteur. Tu étais dans les vapes. On a appelé une ambulance et on t'a rapatrié ici. Ton cœur s'est arrêté de battre une première fois dans l'ambulance, puis une deuxième dans l'heure qui a suivi ton admission en soins intensifs. On a vraiment cru qu'on ne te reverrait pas vivant, tu sais…

– Ça ne me dit pas ce qui m'est arrivé… nota Boris Corentin, pris d'un léger vertige à cette idée que la mort était passée si près de lui.

– Tri-éthabendrazine, répondit Aimé Brichot. Une nouvelle drogue chimique, une pure saloperie. À faible dose, elle provoque des hallucinations qui, paraît-il, sont d'un réalisme absolument parfait, ou presque. Mais si tu en prends un peu plus, elle te tue en moins d'une heure. Et, encore une heure plus tard, elle est devenue parfaitement indétectable : idéale pour le crime parfait, quoi !

– Et pourquoi est-ce que je ne suis pas mort ?

– Par une succession de coups de bol, répondit sobrement Géraldine. Le premier, c'est que la dose qu'on t'a injectée était, d'après les analyses qu'ils ont faites ici, un poil trop faible. Tu as une piqûre à la nuque : c'est là qu'on t'a fait l'injection. Tu ne t'en souviens pas ?

Boris Corentin ne répondit pas tout de suite. Il se revoyait nettement, dans les « toilettes publiques » du château, subissant les assauts de Maude Villequier. À un moment, tandis qu'elle l'embrassait avec fougue, il avait ressenti une douleur à la nuque. Sur le moment, il avait cru qu'elle l'avait griffé sous le coup de l'excitation : en fait, elle lui avait très probablement injecté la drogue. Et peut-être, à cause de l'irruption de son mari, ne lui avait-elle pas injecté *toute* la dose…

– Plus tard, mes souvenirs, finit-il par répondre : continuez…

– Ensuite, on a eu de la chance de te retrouver très vite, reprit Aimé Brichot. Et que l'ambulance arrive presque tout de suite. Enfin, le vrai coup de bol, c'est que l'une des urgentistes, la doctoresse Emma Pluton, repère presque dès ton arrivée l'espèce de minuscule inflammation que tu avais à la nuque, et qu'elle connaisse la tri-éthabendrazine, malgré la nouveauté de cette saloperie. Ils ont pu tout de suite t'injecter un cocktail de trucs censés contrarier les effets de la drogue. Malgré tout ça, c'était moins une…

– Bon, Grand chef, intervint Géraldine, c'est à toi maintenant. Tu as dit tout à l'heure que tu te souvenais de beaucoup de choses : tu voulais dire quoi, exactement ?

– Laissez-moi juste une petite minute… murmura Boris Corentin, en fermant les yeux.

Il venait de réaliser une chose délicieuse et il voulait la savourer pleinement.

Rien de ce dont il se souvenait n'était réel ! Tout ce qu'il croyait avoir fait n'avait tout simplement pas eu lieu ! Ce n'était que les hallucinations engendrées par la drogue dont venait de parler Aimé Brichot !

Des hallucinations *presque* parfaites, avait-il dit. Et ce presque suffisait à expliquer toutes les bizarreries qu'il pensait avoir vécues, des plus anodines au plus monstrueuses.

Cela avait commencé avec le jeune homme sautant par la fenêtre du premier étage du château et s'en allant tout tranquillement, complètement nu au volant de sa voiture. Puis, il y avait eu tout le reste : les fenêtres du salon qui avaient cessé de donner sur le parc pour regarder vers l'esplanade, le salon bleu brusquement devenu rouge, la fossette de Géraldine disparue, elle et Brichot se mettant à se tutoyer, ce même Brichot regardant à la télé un débat sans le son. Sans parler des réactions étranges que tout le monde avait envers lui. Pas seulement étranges : agressives, méchantes, cruelles.

Boris Corentin se dit que, comme la drogue devait torturer son organisme, à ce moment-là, cette souffrance était passée dans ses hallucinations, mais en la faisant venir de son entourage proche.

Et puis, il y avait aussi, ces phénomènes bizarres : les rues vides de passants à dix heures du soir, mais envahies de chats ; la nuit ou la pluie qui tombaient d'une seconde sur l'autre ; le fait de se retrouver chez lui alors qu'il se rendait chez Géraldine ; la manière incompréhensible dont il avait couvert la distance entre le château des Villequier et le quai des Orfèvres, etc.

Pour finir par cet étrange lit blanc, au centre du salon de réception du château, avec ses deux coéquipiers en sentinelles. Corentin se dit qu'à ce moment, il devait être en train de s'extraire du coma, et que cette hallucination dernière était le signe qu'il reprenait pied dans le réel.

– Bon alors, c'est pour aujourd'hui ou c'est pour

demain ? s'impatienta Géraldine.

Alors, Boris Corentin rouvrit les yeux et se mit à leur raconter l'essentiel de ce qui lui était « arrivé » durant son coma. En omettant soigneusement les parties les plus délicates, comme par exemple la manière brutale dont il avait contraint la pauvre Jamila à lui faire une fellation…

– C'est extraordinaire ! souffla Géraldine lorsqu'il eut fini. Ce que je ne comprends pas, c'est comment, même en rêve, tu as pu t'imaginer en train de tuer une pauvre fille de sang-froid : tu te détestes à ce point-là, Grand chef ?

Boris Corentin eut un petit sourire, dans lequel perçait un commencement de lassitude :

– Je ne crois pas me détester plus qu'un autre, non. Mais je pense que la drogue devait, d'une manière ou d'une autre, me faire souffrir. Et qu'il fallait que cette souffrance s'exprime, par un biais ou par un autre, voilà tout…

– Oui, c'est plausible, opina Aimé Brichot. Mais tout cela ne nous dit pas ce que…

À ce moment, la porte de la chambre s'ouvrit pour laisser passer la tête de l'infirmière gironde :

– Je suis désolée, Messieurs-dames, mais il va falloir laisser notre malade se reposer, maintenant… Ordre du docteur !

Géraldine Hébert claqua deux bises sonores sur les joues de Boris Corentin.

– Tu piques, Grand chef ! lui fit-elle remarquer, avant de se diriger vers la porte.

– Il est dix heures, observa Aimé Brichot, en se

levant de sa chaise. Je repasserai te voir en sortant du boulot…

– Au fait, tu ne m'as pas dit : et la camionnette dans laquelle vous m'avez trouvé ?

– Déclarée volée trois jours plus tôt, répondit Brichot avec une petite grimace. Quant aux Villequier, même si on t'a vu sortir de chez eux déjà dans un sale état, on n'a évidemment rien de concret à leur opposer. J'ai l'impression qu'ils vont passer à travers les mailles, ceux-là…

Aimé Brichot sortit à son tour, et le silence retomba dans la petite chambre. Sans qu'il sache trop pourquoi, la dernière phrase prononcée par son coéquipier continuait de tourner inlassablement dans l'esprit de Boris Corentin.

Comme si elle voulait attirer son attention sur quelque chose. Mais sur quoi ? Corentin avait beau y réfléchir, il finissait toujours par admettre que Brichot avait raison : au vu de ce qui s'était passé, de ce qui s'était *réellement* passé, ils n'avaient strictement rien contre les Villequier.

Pourtant, la phrase revenait encore et encore, tournait obstinément dans sa tête…

Boris sursauta légèrement lorsque la porte de sa chambre s'ouvrit. C'était encore l'infirmière brune.

– J'ai oublié de vous préciser que vous aviez l'autorisation de vous lever, lui dit-elle avec un joli sourire. Notamment si vous avez besoin d'aller à la salle de bains…

Boris Corentin ne répondit pas. Il ne s'aperçut même pas que l'infirmière quittait la chambre.

C'était comme si un rideau se déchirait devant ses yeux, pour laisser apparaître ce qui se cachait derrière.

La salle de bains !

Tout partait de là. D'abord, il y avait eu ce couple qu'il avait suivi jusqu'à ces étranges toilettes publiques, au rez-de-chaussée du château. Et qui avait *disparu*. Certes, Cécile Folendieu lui avait ensuite expliqué qu'en fait, ils avaient pris la porte voisine, laquelle donnait sur un petit escalier. Soit. Mais elle pouvait très bien avoir *menti*.

Ensuite, il y avait eu les deux hommes qui, eux aussi, avaient quitté l'orgie pour venir dans ces mêmes toilettes publiques. Et qui avaient paru fort contrariés de son irruption. Du reste, ils s'étaient fait rapidement éjecter par Maude Villequier qui, *comme par hasard*, était arrivée à ce moment-là. Et s'était jetée sur lui comme si elle était prise de passion érotique, mais en réalité pour lui injecter la drogue qui devait le tuer.

Pourquoi le tuer ? Pour quelle raison prendre un risque aussi énorme ? *Parce qu'il était sur le point de découvrir quelque chose de très compromettant.*

Et ce qu'il allait découvrir, plus il y pensait et plus il en était certain, c'était le passage secret conduisant aux pièces où étaient gardés les garçons et filles mineurs. Ce passage que, dans son cauchemar hallucinatoire, Thierry et Maude Villequier avaient ouvert pour lui.

Comme il était seul, Boris Corentin décida d'endosser également le costume d'Aimé Brichot, afin de s'apporter à lui-même l'indispensable contradiction.

– Voyons, Boris : ce passage secret, il n'existe que dans ton rêve ! pourquoi voudrais-tu le retrouver dans la réalité ?

– Parce que mon rêve, comme tu dis, il n'a pas surgi du néant, mon cerveau ne l'a pas construit avec rien, mais avec des choses que mon inconscient avait enregistrées dans la réalité – à mon insu, si je puis dire.

– Hypothèse gratuite…

– Non ! Et la preuve, c'est que je dispose d'un second indice. Dans mon cauchemar, je me suis, à un moment, retrouvé chez moi en compagnie de Géraldine. Celle-ci est allée s'enfermer dans ma salle de bains, *d'où elle a disparu* ! Et je me souviens fort bien m'être fait la réflexion suivante en le constatant : « Mais il n'y a pas d'escalier dérobé ou de passage secret dans ma salle de bains ! »

– Mais dis-moi, Boris : ces filles et ces garçons, personne ne les aurait jamais aperçus, de près ni de loin ? Au moment où ils arrivent au château, par exemple…

– Parce qu'ils y arrivent *par souterrain*, Mémé !

– Par souterrain ?

– Oui ! Un souterrain qui doit partir du pavillon occupé par Oleg Vassiliov. Dans mon rêve, les filles roumaines arrivaient sur l'arrière du domaine, par une minuscule route déserte et elles étaient débarquées près du pavillon.

– C'est un peu maigre, non ?

– Attends ! J'ai un indice de ce que j'avance dans la

réalité. Au cours de l'orgie, j'ai entendu Villequier ordonner au Russe de se rendre au pavillon, et celui-ci a protesté parce qu'à ce moment-là il tombait des cordes. Alors, Villequier lui a dit ceci : « Et alors ? Tu as bien les moyens de t'y rendre *à pieds secs*, non ? » Et comment traverser un parc à pieds secs, si ce n'est par un souterrain ?

Boris Corentin mit fin à son petit dialogue imaginaire. Il se sentait très excité. Bien sûr, il se rendait compte de ce que son raisonnement avait de fragile, mais il était certain d'être dans le vrai. Certain que, somme toute, ses hallucinations l'avaient aidé à percer à jour le secret des Villequier, en lui mettant sous les yeux ce qui, sinon, serait resté enfoui dans les profondeurs de son inconscient. En quelque sorte, son rêve lui avait servi de *traducteur*.

Il sortit de son lit et se mit debout. Il se sentait les jambes encore un peu molles, mais beaucoup moins que ce qu'il craignait. Il se dirigea vers la porte, dans le but de trouver l'infirmière et de se faire prêter un téléphone afin d'appeler sans tarder Aimé Brichot.

Le médecin, tout à l'heure, avait parlé de quarante-huit heures de repos, mais lui était fermement décidé à sortir d'ici dès le lendemain matin.

*
* *

Boris Corentin finissait de remplir son bon de sortie lorsque Géraldine Hébert et Aimé Brichot arrivèrent. Ils quittèrent la clinique environ cinq minutes plus tard. Et ce n'est qu'à ce moment que Boris se rendit compte qu'il avait été hospitalisé à Versailles et non à Paris.

– Vous êtes en voiture, je suppose ? s'enquit-il alors qu'ils descendaient les marches du perron.

Pour toute réponse, Aimé Brichot lui désigna une Renault Mégane noire, garée juste sous un panneau indiquant que ces six places-là étaient réservées aux médecins de la clinique…

La veille, dans l'après-midi, lorsqu'ils étaient repassés le voir, Boris Corentin avait fait part de ses conclusions à ses deux coéquipiers. Comme il s'y attendait, le toujours raisonnable et cartésien Aimé Brichot avait fait la grimace… et lui avait opposé les arguments que Corentin avait devinés sans son aide, quelques heures plus tôt.

La bouillonnante Géraldine, en revanche, s'était montrée très enthousiaste et avait éclaté de rire en apprenant qu'elle s'était volatilisée dans la salle de bains de son Grand chef.

– Mais qu'est-ce que je foutais chez toi ? avait-elle tout de même voulu savoir.

Boris Corentin avait préféré éluder la question…

– Boris, tu te rends bien compte d'une chose, j'espère, déclara Aimé Brichot, dès qu'ils furent tous les trois installés dans la voiture, lui au volant, Corentin à côté de lui et Géraldine à l'arrière. En admettant même qu'il y ait un commencement de raison dans tes élucubrations, jamais on ne convaincra Baba de demander une commission rogatoire ! Et, même s'il le faisait, je vois d'ici la tête du juge Coméliau…

Corentin ne se démonta pas.

– Je le sais, Mémé, répondit-il d'une voix parfaitement calme. C'est bien pourquoi nous n'allons pas demander de CR à personne… et nous pointer au château des Villequier les mains vides, pas plus tard que tout de suite !

– Boris, on ne peut pas faire ça ! protesta Aimé Brichot. D'une part parce que c'est illégal, d'autre part parce qu'on va nous fermer la porte au nez direct !

– Ça vaut peut-être quand même le coup d'essayer… suggéra Géraldine en contrepoint.

– C'est ce que je pense aussi, appuya Corentin avec énergie. Allez, Mémé, démarre !

Une vingtaine de minutes plus tard, Géraldine et Boris pénétraient dans l'enceinte de la propriété des Villequier, dont ils avaient eu la chance de trouver la grille ouverte. Auparavant, ils avaient fait un petit crochet pour emprunter la petite route de derrière et déposer Aimé Brichot à quelques dizaines de mètres du pavillon habité par Oleg Stepanovitch Vassiliov.

– Tu comprends, Mémé, avait expliqué Corentin, si je vois juste, il est possible que, nous voyant débarquer, quelqu'un ait l'idée d'évacuer les filles par le même chemin qu'on leur a fait prendre à leur arrivée. Par conséquent, je préfère que tu surveilles le pavillon, au cas où…

– Pas de problème, avait répondu Brichot, d'un ton insouciant et un peu ironique. Mais, surtout, pensez à revenir me chercher… juste après vous être ridiculisés !

Boris Corentin arrêta la Mégane juste devant le perron. Il n'y avait personne en vue, dans le parc autour d'eux.

– On s'y prend comment ? s'enquit Géraldine, en gravissant les trois marches de pierre à côté de Corentin.

– On pourrait demander : « Pardon, où sont les toilettes ? », plaisanta ce dernier.

Puis, plus sérieusement :

– Je table sur la réaction que nous allons avoir en face de nous. Après tout, je te rappelle que ces braves gens doivent me croire mort, en toute logique…

Il tira la chaîne reliée à une grosse cloche de métal, qui se mit à carillonner à tout va. Il se passa encore près d'une minute avant qu'ils n'entendent un bruit de pas claquer sur le carrelage de l'entrée.

Et la porte s'ouvrit.

Sur la jeune Cécile Folendieu.

Boris et Géraldine notèrent que son visage restait parfaitement impassible, son regard tranquille. Par conséquent, à moins d'être une comédienne géniale, elle ne devait être au courant de rien, concernant l'élimination ratée de Corentin.

– Oui ? fit-elle de ce ton à la fois morne et agressif qu'ont souvent les adolescents.

Mais, juste aussitôt, son visage s'anima et ses yeux se mirent à pétiller :

– Eh mais, je vous reconnais, vous ! Vous étiez de la dernière soirée, pas vrai ? Comment ça fait que vous revoilà ?

Boris Corentin saisit immédiatement la perche que

l'adolescente lui tendait sans le vouloir :

– Je me suis aperçu, trop tard hélas, l'autre soir, que j'avais oublié mon téléphone portable ici. Et je n'ai pas eu la possibilité de passer plus tôt le récupérer. M. et Mme Villequier sont là ?

– Non, ils sont à Boulogne… y a que moi, ici…

– Ça vous ennuie de nous laisser entrer ? Je crois savoir à peu près où j'ai laissé ce maudit portable. Et comme je n'habite pas la porte à côté, si je pouvais éviter de revenir…

– Non, pas de souci, dit-elle en s'effaçant pour leur dégager le passage. Il est où, votre téléphone d'après vous ?

Boris Corentin traversait déjà le hall majestueux en direction du petit couloir latéral.

– Dans les toilettes du rez-de-chaussée ! répondit-il sans cesser d'avancer à grandes enjambées.

Cécile Folendieu se mit aussitôt à courir et le rejoignit à l'entrée du petit couloir. Elle tenta de lui barrer la route :

– Eh là ! personne ne va dans ces pièces-là, c'est privé ! Donc, votre téléphone ne peut pas y être !

Boris Corentin vit clairement une lueur de panique passer fugitivement dans les grands yeux sombres de l'adolescente. Il décida qu'il avait assez joué. Il sortit sa plaque de policier et la lui brandit sous le nez :

– Mademoiselle, votre tante et son mari sont dans de très sales draps. Et si vous tentez de nous empêcher de faire notre travail, vous pourriez bien vous y retrouver avec eux !

Cécile Folendieu devint blême. Naturellement, elle

ne songea pas une seconde à lui demander s'il disposait ou non d'une commission rogatoire…

– Bon, bon… ben allez-y, alors… bafouilla-t-elle en leur emboîtant le pas.

Ils pénétrèrent dans les toilettes et Corentin se retourna vers l'adolescente :

– Comment fait-on pour déplacer le miroir ?

Cécile se composa un air ahuri, que venait démentir son regard sournois :

– Déplacer le miroir ? N'importe quoi ! Il est fixé au mur, ce miroir : pourquoi voudriez-vous l'enlever ?

Elle mentait, Boris en était certain. Elle cherchait à s'innocenter, à faire celle qui n'est au courant de rien. Une pensée saugrenue lui traversa alors l'esprit : il venait de se dire que, s'il avait toujours été dans son cauchemar, il lui aurait probablement dévissé la tête à coups de beignes jusqu'à ce qu'elle avoue…

Mais, bon, on était revenu dans la réalité. Non seulement il était ici illégalement, il n'allait pas en plus passer une fille mineure à tabac !

Boris Corentin ferma les yeux pour se concentrer sur ses souvenirs « hallucinés ». Il revit les deux hommes qu'il avait suivis jusqu'ici. L'un se trouvait dans la troisième cabine, tandis que l'autre tournait le robinet du dernier lavabo – robinet *d'où aucune eau ne sortait.*

Il bondit jusqu'au lavabo en question et tourna le dit robinet. Effectivement, pas une goutte d'eau en sortit. Mais il ne se passa rien non plus du côté du miroir. Ni ailleurs, du reste.

– Géraldine, inspecte la troisième cabine,

demanda-t-il à sa coéquipière, sans la regarder, continuant d'étudier soigneusement son robinet.

Géraldine s'exécuta, on l'entendit trifouiller dans la cabine, dont elle ressortit au bout d'une minute :

– Rien à signaler, Grand chef. Sinon que la chasse d'eau m'a l'air nase…

Boris Corentin se raidit, réfléchissant à six mille tours/minute. Un robinet sans eau… Une chasse d'eau hors d'usage… Un robinet… Une ch…

– Bon sang ! s'écria-t-il soudain, en se redressant. Mais évidemment ! que je suis bête !

– On peut savoir ? demanda Géraldine.

– Les deux hommes que j'ai surpris ici, expliqua-t-il rapidement. L'un était dans la cabine *pendant* que l'autre tournait le robinet. Tu piges, Petit bonhomme ?

– *Yes, Sir* ! répondit la jeune femme du tac au tac. Pour ouvrir ton passage, il faut deux actions *simultanées* ! Au moins pour que personne ne puisse le faire par erreur…

– Exactement ! Bon, retourne dans la cabine. Je compte jusqu'à trois et, à trois, tu actionnes la chasse d'eau. Parée ?

– Parée !

– Attention… Un… Deux… Trois !

Boris Corentin tourna le robinet. Durant une à deux secondes il ne se passa rien et il crut s'être planté. Puis, il se produisit un chuintement dans son dos. Et, presque en même temps, Géraldine poussa un petit cri.

Corentin se retourna et vit le miroir qui, telle une

porte automatique, pivotait lentement sur ses gonds invisibles.

– Boris, t'es le meilleur ! s'exclama Géraldine. Même quand tu es dans le coaltar, t'arrives à résoudre les énigmes les plus *velues* !

Boris Corentin jeta un coup d'œil à Cécile Folendieu. Elle affichait à présent une moue indifférente, comme si rien de tout cela ne la concernait.

– Vous venez avec nous, Mademoiselle ! lui ordonna-t-il. On vous offre un petit voyage *de l'autre côté du miroir*.

Au-delà du mur carrelé, les choses ne ressemblaient évidement pas à ce que Corentin avait « vu » dans son rêve : pas de couloir, pas d'angle droit. Il y avait juste une sorte de sas, de la taille d'un gros ascenseur, vide, avec simplement une porte de l'autre côté.

Ils franchirent celle-ci… et les deux policiers surent que la carrière des époux Villequier venait de se terminer à cet instant précis.

Car ils venaient de déboucher dans une sorte de salon, où cinq adolescents, trois filles et deux garçons, étaient avachis dans deux canapés, devant une télé allumée, diffusant une série américaine.

Ils étaient tous les cinq entièrement nus. Et la poudre blanche que Corentin repéra tout de suite dans une coupelle, ce n'était certainement pas de la farine ni du sucre glace…

– Boris, regarde ! souffla soudain Géraldine, en le tirant par la manche de son blouson.

Corentin vit une porte, complètement à droite de la

pièce, qu'il n'avait pas encore remarquée.

Elle était en train de s'ouvrir lentement, très lentement…

Boris marcha vers elle silencieusement. Et, saisissant la poignée, il l'ouvrit brutalement en grand.

Pour se retrouver nez à nez avec un Aimé Brichot, l'arme au poing et l'air totalement ahuri.

– Mémé, qu'est-ce que tu fiches ici ? s'exclama Corentin, revenu de sa stupeur.

Brichot rangea son arme :

– Figure-toi que vous ne m'aviez pas lâchement abandonné depuis plus de trois minutes lorsque j'ai vu l'occupant du pavillon en sortir, grimper dans une voiture rouge et partir. Je me suis dit que ça valait peut-être la peine de jeter un coup d'œil chez lui, et…

– Et tu as trouvé l'entrée du souterrain qui t'a conduit jusqu'ici, *à pieds secs* ! conclut Corentin à sa place.

Aimé Brichot haussa les épaules, avec la mine renfrognée du mauvais joueur :

– C'est idiot ce que tu dis : il ne pleut même pas !

Boris Corentin et Géraldine Hébert échangèrent un coup d'œil, avant d'éclater de rire.

Sur les canapés, les adolescents restaient avachis et prostrés, comme s'ils ne s'étaient même pas aperçus de l'intrusion des trois policiers.

Chapitre XV

– À quoi on boit, au juste ? demanda Géraldine, après avoir empli les quatre verres et reposé la bouteille de chablis dans son seau à glace.

– À mon retour chez les vivants ? proposa Boris Corentin, avec un petit sourire en coin.

– Ou à tes dons de Mme Irma ! rigola Géraldine, faisant allusion à la manière dont Corentin, trois jours plus tôt, avait « deviné » l'existence du passage secret derrière le miroir, au château des Villequier.

– Ou encore à mon retour en grâce chez Géraldine… proposa alors la belle Liselotte, en jetant un regard malicieux en direction de Boris.

Celui-ci se sentit rougir et but précipitamment une gorgée de vin blanc afin de masquer sa gêne. La veille, il avait évoqué devant Géraldine sa stupéfaction lorsqu'elle lui avait appris, dans son cauchemar, qu'elle venait de jeter sa compagne danoise à la porte de chez elle. Du reste, ses confessions s'étaient arrêtées là, mais il ignorait que Géraldine l'avait ensuite répété à sa compagne…

Depuis trois jours, d'ailleurs, Boris Corentin se sentait tout bizarre. Bien sûr il savait que son « rêve » n'était rien d'autre que cela, bien sûr il savourait à chaque minute le fait d'être vivant et d'avoir repris pied dans une solide et rassurante réalité quotidienne.

Il n'empêche qu'il conservait un souvenir extraordinairement précis et détaillé de tout ce qu'il avait vécu de l'autre côté du miroir, dans le monde immatériel où il lui était arrivé des choses invraisemblables et, pour certaines, terrifiantes...

L'arrestation de Maude et Thierry Villequier, deux heures après la découverte faite par les policiers, avait eu un grand retentissement dans la France entière. Surtout lorsque les journalistes avaient appris aux gens que les filles et les garçons qui servaient de chair fraîche lors des orgies mondaines du couple n'étaient pas simplement soudoyés, mais bel et bien enlevés, le plus souvent dans les pays de l'Est, par une bande organisée que seul connaissait Oleg Stepanovitch Vassiliov, Thierry Villequier se contentant de payer sans se préoccuper du reste, de « l'intendance ».

Et c'est bien pourquoi on n'en savait pas plus : car Vassiliov, mystérieusement averti de ce qui se tramait, avait tout bonnement disparu de la circulation.

– S'il est retourné en Russie et qu'il a la sagesse de n'en plus bouger, il est probable que nous ne le reverrons jamais, avait dit Boris Corentin. Mais s'il commet la bêtise de revenir traîner ses sabots par chez nous...

Cécile Folendieu, la nièce de Maude Villequier, avait été placée dans un centre pour mineurs « à problèmes ». Quant à Jean-Charles Bourdivin, le

« dealer mondain » comme l'avait surnommé Géraldine Hébert, il avait été « rendu » tout bonnement à la brigade des stups.

Et le château des Villequier, à Saint-Germain-en-Laye, ne tarderait sans doute pas à être proposé à la vente…

– Ben qu'est-ce qui t'arrive, Grand chef ? demanda soudain Géraldine. Tu en as une drôle de façon de me regarder, tout d'un coup !

Boris Corentin s'efforça de lui sourire de manière naturelle :

– Non, non, c'est rien : je pensais juste à autre chose…

Heureusement pour lui, sa jeune coéquipière négligea de lui demander à quoi il pensait, lui évitant ainsi d'avoir à proférer un mensonge.

Car il se voyait très mal en train de lui avouer que, trois jours plus tôt, dans son rêve, sur ce même canapé où elle se trouvait maintenant, elle s'était donnée à lui, avec une fougue et un enthousiasme tout ce qu'il y a de plus hétérosexuels…

L'ANTHOLOGIE ÉROTIQUE
de
SAS
Les pages les plus brûlantes
des aventures du Prince Malko

6- L'Antre des Écorcheurs
7- Le Château de l'Ogre
8- La légion des Enfers

PREMIÈRE PUBLICATION

EN TEXTE INTÉGRAL !

Prix France ttc : 6,50 €

Cet ouvrage a été imprimé en France par

CPi
BUSSIÈRE

à Saint-Amand-Montrond (Cher)
en juin 2010

VAUVENARGUES. - 14, rue Léonce Reynaud - 75116 Paris
Tél. : 01-40-70-95-57

— N° d'imp. : 101080. —
Dépôt légal : juillet 2010.